COLLECTION CONQUÊTES
directrice : Susanne Julien
Format poche

L'ANNEAU DU GUÉPARD

et autres nouvelles

Des mêmes auteurs

Chez le même éditeur

Aller retour, roman, 1986.
Le don, roman, 1987. Prix du Gouverneur général 1987.

Chez un autre éditeur

Mack le rouge, roman, Éditions Québec/Amérique, 1987.

Yves Beauchesne
David Schinkel

L'anneau
du Guépard

roman

ÉDITIONS PIERRE TISSEYRE
5757, rue Cypihot — Saint-Laurent, H4S 1X4

Dépôt légal : 4ᵉ trimestre 1987
Bibliothèque nationale du Canada
Bibliothèque nationale du Québec

Illustration de la couverture :
Stéphane Poulin

10562

TABLE

LETTRES

 J E SUIS EN TRAIN DE BOIRE UN CAFÉ
à la cantine de l'aéroport.

Je pars. Je ne sais pas encore où je finirai par
me retrouver. Je déciderai au fur et à mesure.
Lorsque vous recevrez cette lettre, je serai déjà
parti.

S'il vous plaît, n'essayez pas de me retracer.
Ça ne servirait à rien de toute façon. C'est écrit
en toutes lettres dans la loi: une personne qui a
plus de 16 ans est libre. Rien ni personne ne peut
me forcer à revenir vivre à la maison.

Pourquoi je suis parti? je ne le sais vraiment
pas. Tout ce que je veux, c'est être libre pour un
bout de temps. Être mon propre maître. Manger
ce que je veux, quand je veux. Aller où j'ai envie
d'aller sans demander la permission à qui que ce
soit.

Ce n'est pas à cause de quelque chose que
vous avez pu dire ou faire. Vous avez toujours
été bons pour moi et je n'ai rien à redire là-

11

dessus. Mais rien ne pourra me faire changer d'idée à présent. Alors, ne vous sentez pas coupables.

Ne vous inquiétez pas non plus! Je suis capable de prendre soin de moi. Je ne m'associerai pas avec des types louches et je ne me droguerai pas non plus, ou quoi que ce soit de ce genre.

Si vous voyez M. Baker à la banque, dites-lui que son autorisation, il peut se la mettre là où je pense. D'ailleurs, je n'ai besoin de l'autorisation de personne pour retirer mon argent. Même pas de la vôtre! Cet argent, je l'ai gagné et il est à moi. D'ailleurs, je n'ai jamais compris pourquoi vous ne me laissiez pas m'occuper moi-même de mes propres affaires. Ça m'a toujours frustré et j'aurais dû vous le dire.

Bon! il faut que je vous laisse. Je ne suis jamais monté en avion et je suis très nerveux.

Prenez bien soin de vous autres. Je vous écrirai bientôt pour vous dire comment les choses se passent.

Au revoir,
D.

P.S. Vous allez me manquer.

* * *

Montréal,
1er juillet

Me voilà à Montréal. Moi qui pensais que c'était grand, Halifax! Je suppose que ça l'était par rapport à notre petite ville. Mais ici, il n'y a vraiment pas de comparaison.

Vous devriez voir le métro. On peut aller presque n'importe où en restant sous terre. Il y a même une ligne qui passe sous le fleuve Saint-Laurent. Pouvez-vous imaginer ce qui arriverait si le tunnel venait à s'écrouler pendant qu'on est dedans!

Ça m'inquiétait un peu d'être un Anglais, mais ça ne m'a pas encore causé de problèmes. Saviez-vous que les Français n'aiment pas se faire appeler des *frogs*? Ça les insulte. En y pensant bien, on ne peut vraiment pas leur en vouloir, hein?

Je ne sais pas où vous avez pris toutes ces idées au sujet des Québécois. Ils sont bien corrects, vous savez. Je suis devenu ami avec un d'eux autres, je sais ce que je dis. Ils sont comme nous, sauf qu'ils parlent une autre langue.

Ah! j'arrive du stade olympique. Vous savez, on ne peut vraiment pas se faire une idée rien qu'en le voyant à la télé. C'est comme un pneu gigantesque, ou un é-nor-me beigne. Il peut contenir plus que 70 000 personnes!

Il y aura de grands feux d'artifice ce soir. C'est la fête du Canada ici. À bien y penser, c'est la fête du Canada pour vous autres aussi. Je me demandais justement si vous iriez voir les feux d'artifice du Club des Lions cette année. Nous avions l'habitude d'y aller tous les ans.

Nous, nous irons les voir sur le mont Royal (c'est une montagne en plein centre de la ville, un grand parc). On l'appelle le parc Mont-Royal. C'est d'ailleurs de là que vient le nom de Mont-réal. Vous saisissez? Montréal — mont Royal. Au sommet, il y a des points d'observation d'où on peut regarder toute la ville qui s'étend autour. Fa-bu-leux!

J'espère que vous n'êtes pas inquiets. Comme vous le voyez, je vais bien. En fait, je ne me suis jamais senti aussi bien de toute ma vie. Je suppose que c'est pour ça que je suis parti. Parce qu'il ne se passait jamais rien d'excitant à la mai-son. Tout était tellement prévisible. On se levait à telle heure. On mangeait à telle autre heure. Nous n'avions jamais rien à nous dire pendant le souper. Parce qu'il ne se passait jamais rien.

Comprenez-moi bien, je ne veux pas criti-quer votre façon de vivre. Si vous êtes heureux comme ça, c'est tout ce qui compte. Seulement moi, je n'étais pas heureux. J'étouffais. Mais moi, c'est moi. Je suppose que pour vous autres c'était différent.

Vous allez trouver une photo dans l'enve-loppe. C'est moi avec Jacques, mon copain fran-çais. Il est pas mal plus jeune que moi, mais ça n'a pas d'importance. Je me suis bien amusé avec lui. Il m'a montré comment me débrouiller. La vie ici est bien différente de ce qu'elle était à la mai-son. C'est le fleuve Saint-Laurent que vous voyez derrière. Il y a beaucoup de rapides dans ce fleuve, mais on ne peut pas les voir sur la photo. Ils sont à un endroit qui s'appelle Lachine. Nous avons descendu les rapides dans une de ces embarcations en caoutchouc que vous voyez derrière Jacques. Bon Dieu, je n'ai jamais eu aussi peur! Comme vous le savez, je ne sais pas nager! Ça m'a donné de gros frissons. J'ai le cœur qui se débat encore rien que d'y penser.

Je pars d'ici après-demain. Je vous écrirai.

Baisers.

D.

P.S. Souhaiteriez-vous Bonne Fête à ma sœur de ma part. Je sais que c'est son anniversaire ces jours-ci, mais je n'arrive pas à me rappeler quand exactement.

* * *

Toronto,
18 juillet

Toronto, c'est bien différent de Montréal. Vous disiez toujours qu'une grande ville en vaut une autre. Bien, je peux vous assurer que vous aviez tort. Je sais que ça ne vous fera pas plaisir ni à l'un ni à l'autre. Vous détestiez toujours avoir tort.

D'abord, les gens sont différents. À Montréal, ils étaient plutôt relax, vous savez ce que je veux dire, du genre qui aime avoir du bon temps. Ici, ils sont à leurs affaires. Cours ici, cours là. C'est stimulant, ça donne envie d'en faire autant.

Mais il y a une chose que je n'aime pas, c'est que tout le monde pense toujours rien qu'à l'argent. Ça fait tellement artificiel. C'est comme le jour où les McGrath ont gagné le gros lot. Ils n'avaient plus qu'un mot à la bouche: argent! Vous vous souvenez des McGrath? Ils habitaient la rue Elm. Ils habitent encore là, j'imagine. Des fois, j'ai l'impression que ça fait des années que je suis parti.

Je viens de me relire et je crois que j'ai pu vous donner une fausse impression. La plupart des gens sont corrects, ici aussi. Seulement, ça leur prend du temps avant de le laisser voir. C'est vrai, ils font vraiment de gros efforts pour rendre service. L'autre jour, dans la rue, j'ai demandé à une dame comment me rendre au Planétarium. Savez-vous ce qu'elle a fait? Elle est venue me conduire en auto. Et elle, elle s'en allait dans l'autre direction!

Je vais partir d'ici cet après-midi. Au fond, c'est mieux comme ça. J'ai failli me faire mettre à la porte de l'hôtel hier soir. J'avais invité du monde et une couple de gars ont bu un peu trop. Rassurez-vous, moi-même je n'ai bu qu'une seule bière.

C'est pour ça que je vous écris. Avant de partir, je voulais vous montrer l'hôtel Royal York. C'est ici que j'habitais. Ma chambre, c'est celle que j'ai marquée d'une croix sur la carte postale qui accompagne ma lettre.

Je ne vous dirai pas combien ça m'a coûté. Vous ne le croiriez pas! Il faudrait que je commence à faire un peu plus attention à mon argent.

Je ne regrette pas d'être resté ici, cependant. J'ai toujours été curieux de savoir comment c'était. Ils en parlaient souvent à la télé. À la fin d'une émission, par exemple, ils disaient que les invités avaient séjourné à l'hôtel Royal York en plein cœur de Toronto. Puis ils montraient une belle photo de l'hôtel.

Je vous vois bien en train de tomber en bas de vos chaises. Mais j'y ai bien pensé: l'argent, à quoi ça sert si on ne peut pas en profiter? Nos opinions là-dessus sont tellement différentes. Vous autres, vous disiez tout le temps que vous économisiez pour pouvoir laisser quelque chose à vos enfants. Pas moi. Pas question! J'espère qu'à ma mort je n'aurai pas un sou noir à mon nom.

Bon, bien! c'est tout pour aujourd'hui. J'imagine que Mitzi a eu ses chatons. J'aimerais bien voir à quoi ils ressemblent.

Baisers,
D.

* * *

Winnipeg,
28 août

Je me sens un peu seul, alors j'ai décidé de vous écrire. Ça fait déjà plusieurs semaines que je suis arrivé.

J'habite chez un couple que j'ai rencontré dans la rue du Portage (c'est la rue principale). Ils ont trente-cinq ans à peu près. Des chômeurs. Mais ils sont tellement généreux. Tout ce qu'ils ont, ils vous l'offrent de bon cœur.

Ils fument pas mal par exemple. Du haschisch. J'en ai fumé avec eux autres une fois. En tout cas, ça ne transforme personne en monstre et ça ne fait pas halluciner non plus ou croire qu'on se fait assassiner ou des choses semblables. Y a rien là. Les couleurs ont l'air plus vives. Ça donne faim aussi. J'ai mangé tout un pain cette fois-là. Et ça fait ricaner tout le temps, même quand il n'y a rien de drôle.

Maintenant que j'y ai goûté, je me demande pourquoi tout le monde s'énerve tant. Ça paraît plus excitant que ça l'est en réalité. Ça rend fatigué plus qu'autre chose, c'est tout. Ça rend trop paresseux pour faire quoi que ce soit d'autre. Peut-être que si les adultes arrêtaient d'en faire toute une histoire les jeunes ne s'y intéresseraient pas autant. Se soûler à la bière, c'est bien pire à mon avis.

Je commence à m'embêter ici. Je pense que je vais partir bientôt.

Laissez-moi vous dire une chose: elles sont bien jolies les filles à Winnipeg. Elles ont tellement l'air en bonne santé. Leur peau est douce et claire. Vous n'en verrez jamais une avec de l'acné. Les filles étaient bien jolies à Montréal aussi, mais d'une autre manière. C'est peut-être à cause de leur façon de marcher. Ici, elles ont l'air en bonne santé. Genre belle fille du coin-de-la-rue-chez-nous.

J'ai lu dans les journaux que la pêche au homard ne va pas très bien. Je me demande si mon oncle Jim va perdre son bateau cette année.

J'espère que vous allez tous bien. Moi, ça va.

Baisers,

D.

* * *

2 septembre

Je suis assis dans la voiture-observatoire. Nous venons juste de quitter Regina. C'est tellement plat par ici. On a beau regarder, il n'y a absolument rien à l'horizon.

Le ciel est bleu bleu bleu. Je n'arrive pas à voir un seul nuage. Les champs sont tout dorés à cause des blés qui sont mûrs. Vous devriez voir ça, surtout avec le soleil qui les fait briller. C'est le temps des récoltes. Nous venons juste de voir cinq de ces énormes moissonneuses dans un même champ. C'est de toute beauté.

Mais je ne voudrais pas être ici en hiver. La dame à côté de moi dit qu'il fait très, très froid, et que le ciel est toujours d'un gris foncé.

Je vais poster cette carte à Edmonton lorsque nous allons nous arrêter.

Baisers,

D.

* * *

Vancouver,
15 octobre

C'est vraiment bizarre. Je n'arrive pas à me rappeler si je vous ai vraiment écrit pendant le voyage en train ou si j'ai seulement pensé à le faire.

Au cas où je ne vous l'aurais pas dit, j'ai pris le train de Winnipeg jusqu'à Vancouver où je me trouve présentement. Ça prend une éternité pour traverser les Prairies en train.

Les montagnes Rocheuses sont gran-dio-ses. Je ne trouve pas de mots pour les décrire. On dirait une carte postale de la Suisse. Mais grandeur nature. Vous ne pouvez pas imaginer comme c'est impressionnant. On se sent comme un tout petit grain de poussière à côté.

Vous savez, plutôt que d'aller au chalet de tante Ethel pour les vacances l'été prochain, vous devriez venir voir les Rocheuses. Vous ne le regretteriez pas un brin.

Vancouver aussi, c'est quelque chose! La ville est tout entourée. Par les montagnes d'un côté et par la mer de l'autre. Il a fait un temps extraordinaire pendant les deux premières semaines. Presque tous les jours, je suis allé à une plage nudiste. On l'appelle Wreck Beach. Il faut descendre une espèce de précipice pour y aller, c'est pour ça qu'il n'y a pas grand-monde. Peut-être 200 en tout. Après un bout de temps, on ne remarque même plus que les gens sont nus. Ça devient tout à fait naturel. Je n'arrive vraiment pas à imaginer comment la plage chez nous pourrait se transformer en plage nudiste! Mais on ne sait jamais.

Il va falloir que je décide bientôt ce que je vais faire en partant d'ici. Je n'avais pas pensé aller plus loin que Vancouver. Maintenant que je suis arrivé, je me sens un peu perdu. Je suis vraiment très heureux d'avoir fait le voyage mais, en même temps, je suis triste d'être rendu au bout. Vous voyez ce que je veux dire? Je ne sais plus trop quoi faire maintenant. Quelque chose va se présenter, je suppose.

J'ai eu un petit rhume la semaine dernière, mais ça va mieux maintenant. (J'ai peut-être passé trop de temps à la plage nudiste. Ha! Ha!) J'espère que vous allez bien aussi tous les deux.

Baisers,
D.

* * *

Los Angeles,
17 novembre

Comme vous voyez, j'ai décidé de me rendre en Californie. Il pleuvait tout le temps à Vancouver et c'était déprimant.

J'ai des grandes nouvelles. Je veux être franc avec vous autres, même si ça ne vous fera pas plaisir.

Je pense que je suis amoureux, mais je n'en suis pas certain. J'ai rencontré une actrice et, sacrebleu! c'est un pétard comme on dit par chez nous! Je pense qu'elle est la plus belle femme que j'ai jamais vue. C'est tellement agréable d'être avec elle.

Ne perdez pas connaissance, là, car je sais que vous n'aimerez pas ça quand vous apprendrez qu'elle a cinq ans de plus que moi. L'âge, au fond, ça n'a vraiment aucune importance. Ce qui compte c'est ce que deux personnes ressentent l'une pour l'autre. C'est bien mon avis en tout cas.

Dans le moment, c'est mon argent qui nous fait vivre. Parce qu'elle n'a pas de travail. C'est très difficile de trouver du travail dans le cinéma. Brigitte (c'est comme ça qu'elle s'appelle) dit qu'il n'y a pas beaucoup de rôles pour les femmes de son âge. Si seulement on lui donnait sa chance, je sais qu'elle serait une star!

Elle est tellement sexy! Bon Dieu! ça fait drôle de vous dire ces choses-là. Je ne pouvais même pas prononcer le mot sexe à la maison sans vous faire grimper dans les rideaux.

Brigitte veut que j'aille vivre avec elle. Son appartement est plutôt petit. Je ne sais pas quoi faire. Elle me plaît beaucoup, mais je ne suis pas sûr d'avoir envie de me caser tout de suite.

J'aimerais que vous soyez ici. J'ai besoin de parler à quelqu'un qui me connaît. Mais je me débrouillerai bien tout seul. Les choses finissent toujours par s'arranger. Je vous tiendrai au courant.

Baisers,
D.

* * *

Los Angeles,
23 novembre

Mes problèmes avec Brigitte sont réglés. C'est drôle comme les choses s'arrangent toutes seules si on laisse faire le temps. C'est tellement simple que je me demande pourquoi je n'y ai pas pensé plus tôt.

La carrière de Brigitte ne marche pas pour le moment, alors elle va partir avec moi. Il me reste encore de l'argent. Alors, ce que nous allons faire c'est décamper tout simplement, et voyager jusqu'à ce qu'il ne me reste plus rien.

Je sais que vous allez être furieux, mais il va falloir que vous vous fassiez une raison. Je suis qui je suis et je fais ce que j'ai envie de faire.

Brigitte connaît un gars qui travaille au port et il nous a trouvé des places sur un cargo. Nous allons travailler comme cuisiniers pour nous aider à payer le passage. Je n'ai aucune idée où nous allons aboutir parce que ce cargo-là n'a pas d'itinéraire. Il va là où il y a de la marchandise à livrer. Tout ce que je sais, c'est que le premier arrêt sera à Hong-Kong et que nous partons à quatre heures du matin. Je suis tout excité.

J'ai beaucoup pensé à vous ces derniers jours et je me suis demandé si je ne devrais pas plutôt revenir à la maison. Puis je me suis dit : au diable ! Je ne vous dois plus rien.

J'ai toujours été là quand vous avez eu besoin de moi. Vous ne pouvez pas dire le contraire. Quand vous vous êtes mariés, j'ai même fait le premier paiement sur votre maison. Il est grand temps que vous commenciez à vous débrouiller tout seuls.

Dans huit jours j'aurai 68 ans. Il me semble que je pourrais commencer à vivre un peu pour moi-même. Et je sais que votre mère, Dieu ait son âme ! penserait la même chose.

Vous finirez bien par réaliser que votre père n'était pas si fou après tout.

Baisers,
D.

P.S. Brigitte vous embrasse.

LA REVANCHE
DE MANOUCHE

LE PRINTEMPS S'EN ÉTAIT ALLÉ comme il était venu et Manouche n'avait toujours pas mis bas. Ça promettait d'être toute une portée! Son ventre était tellement gonflé que Manouche était convaincue d'y loger quatre, peut-être même cinq chatons. Même s'il n'y en avait jamais eu plus que trois par le passé. De plus, elle était en retard d'au moins une semaine.

Soudain, Manouche sentit son corps se raidir. Encore une contraction. La douleur monta en elle, tout doucement d'abord, puis de plus en plus vite. Une crampe la transperça comme un choc électrique, l'empoignant pendant une seconde, qui lui parut éternelle, entre les deux pattes de derrière. Manouche en frissonna d'horreur.

Elle avait la quasi-certitude que son heure était enfin arrivée. Les crampes revenaient maintenant avec plus de force et avec plus de régularité aussi. Elle pouvait sentir leur rythme implacable s'installer en elle. «Encore un tout petit peu», se dit-elle, «attendons encore un tout petit peu.» Elle voulait s'assurer qu'il ne s'agissait pas d'une autre fausse alerte.

27

Elle plissa les yeux, scruta le paysage par-delà les champs et posa bientôt son regard sur la vieille église abandonnée. Il y avait des années qu'on ne l'avait utilisée. Elle-même n'était encore qu'un chaton à l'époque où les luthériens s'y réunissaient pour prier. Maintenant, ils fréquentaient tous l'église en brique, celle de la ville. Les dimanches matin, elle pouvait voir la fumée s'échapper en volutes légères derrière les grosses voitures qui brûlaient à toute vitesse le chemin de gravier. Elles étaient conduites par les fermiers ou leurs fils aînés. Jamais plus ils ne s'arrêtaient maintenant à la vieille église.

En fait, personne n'y était allé depuis des années. C'est pour cette raison, justement, qu'elle choisit cet endroit. Cette fois-ci, il fallait absolument que ses petits survivent. Elle s'en assurerait.

Elle n'arrivait plus à se rappeler combien de portées elle avait eues au cours des ans. Dix, peut-être; plus que dix? Elle les avait effacées de sa mémoire. Comme des blessures.

Elle n'avait évidemment aucun moyen de savoir cela, mais mettre bas était plus difficile pour elle que pour la plupart des chattes. Chaque fois qu'elle avait été enceinte, elle avait souffert énormément. Elle s'était affaiblie, et elle avait enduré son mal avec patience. Chaque fois, cependant, la simple vue des chatons, de ses chatons, l'avait plongée dans un état d'exaltation indescriptible; ces moments absolument sublimes étaient pour elle la confirmation que sa vie avait un sens. Chaque fois, pourtant, le fermier, cruel, lui avait arraché ses petits et les avait entassés dans un sac au fond duquel il avait d'abord placé de grosses roches.

Jamais Manouche n'avait été témoin des noyades. C'est Marguerite, la vache, qui lui avait raconté qu'un matin de printemps elle avait vu le fermier lancer un sac de jute vers la partie la plus profonde de l'étang. Bien qu'elle n'en ait pas saisi immédiatement tout le sens, Marguerite n'avait pu s'empêcher de trouver l'incident bien étrange et elle en avait fait part à Manouche lors d'une de ses visites. Manouche, elle, avait tout de suite fait le lien. Elle avait deviné ce que contenait le sac, mais elle n'en avait rien dit à Marguerite.

Marguerite, c'était sa meilleure amie. Oh! la chatte s'entendait bien avec tous les animaux. Elle se montrait très diplomate envers chacun et, tous, ils appréciaient son oreille attentive. Cependant, il n'y avait que Marguerite avec qui elle se soit sentie tout à fait à l'aise.

Elles étaient, Marguerite et elle, les plus anciennes à la ferme. Les autres n'avaient fait que passer au fil du temps. Certains étaient morts, tout simplement, et avaient été remplacés, mais la plupart avaient été abattus pour être mangés. Quant à Marguerite, comme elle donnait encore un lait très riche, et avec beaucoup de crème, elle était en sécurité.

Manouche, elle, était devenue trop vieille pour chasser les souris dans la grange. Si elle était encore de ce monde, c'était bien grâce à l'épouse du fermier. Tôt le matin, son mari gagnait les champs ou la grange et il ne rentrait pas avant le coucher du soleil, sauf pour manger son lunch en silence. Ce n'était pas un grand parleur, le fermier. Leurs deux fils, maintenant adultes, étant partis s'installer à la ville, la fermière comptait de plus en plus sur elle pour tromper sa solitude. Sur Manouche qui aimait tellement se mettre en boule sur les genoux de sa maîtresse et l'écouter parler d'une voix douce lorsqu'elles se berçaient toutes les deux. Souvent, la fermière la grattait derrière l'oreille et lui disait gentiment: «Manouche, Manouche, qu'est-ce que je deviendrais si tu n'étais pas là?»

Marguerite vieillissait avec beaucoup de grâce. Mais pas Manouche. L'arthrite qui jadis lui rendait visite au printemps, lorsque l'air est humide, restait maintenant dans ses membres à longueur d'année. Sa fourrure, autrefois si belle, ne brillait plus, peu importe le temps qu'elle consacrait à la lisser soigneusement avec sa langue. Sa vue baissait aussi et les objets plus ou moins éloignés se couvraient d'un léger voile. Elle avait acquis la conviction que cette portée allait être sa dernière, sa toute dernière chance, et elle avait pris la résolution que, cette fois, ses chatons allaient vivre.

«Il y a de l'orage dans l'air», se dit-elle. Les nuages couleur d'encre, qui étaient apparus un à un depuis le matin, avaient commencé à se regrouper. Encore une heure ou deux et le ciel sera recouvert d'une immense toile grise. Soudain, le vent s'arrêtera. Puis, après qu'un calme étrange se sera installé, la pluie commencera à tomber. Il fallait donc qu'elle parte tout de suite.

Elle descendit lentement du perron et fit le tour de la maison avant de prendre la direction du champ. Pour éviter les poules. Elle n'avait vraiment pas envie de converser, surtout pas avec elles. Tout ce qui les intéressait, ces poules, c'était le commérage et aujourd'hui elle n'avait pas une minute à perdre.

Rendue au fossé qui séparait le champ de la basse-cour, elle s'arrêta, le temps de laisser mourir une crampe qui venait de l'attaquer en plein ventre. Puis, avant de plonger dans un couloir étroit entre deux longues files d'épis, elle prit soin de s'aligner sur l'église. Une fois engagée dans le champ, elle ne pourrait plus la voir, à cause de la hauteur du blé. Il n'était pas encore mûr, mais à peu près tout le vert avait disparu. Le champ était pâle, sans couleur presque. Il faudrait attendre quelques semaines encore avant qu'il ne revête ce bel orange doré de champ mûri à point.

Le chemin parut long à Manouche. Elle avait un peu peur d'avoir mal évalué la distance ou encore d'avoir fait un mauvais virage. Elle avait mal aux jointures et ses pattes endolories étaient enflées. La portée pesait très, très lourd dans son ventre.

Elle laissa son esprit vagabonder un brin tandis qu'elle progressait difficilement. Les touffes de débris, éparpillées ici et là dans les sillons, écorchaient ses mamelons et en firent même saigner un.

Elle essayait de se rappeler sa première mise à bas, mais elle n'en gardait qu'un souvenir vague. Elle savait avoir été robuste en ce temps-là et s'être sentie complètement démunie en présence d'une douleur presque insupportable. Mais rien d'autre ne lui revenait à la mémoire. Elle ne se rappelait même pas où cela s'était passé.

En ce temps-là, il n'y avait pas de meilleure chasseresse dans tout le comté. Même les chats des fermes avoisinantes avaient dû l'admettre. Elle s'amusait à poursuivre les souris à travers champs, les agaçant et se riant d'elles avant de leur sauter dessus pour y enfoncer ses griffes. C'était un véritable jeu pour la jeune chatte. Maintenant, les seules souris qu'elle réussissait à attraper étaient les plus vieilles, celles qui, comme elle, n'avaient plus beaucoup de forces.

La cause de son vieillissement rapide, c'était la perte, imposée et douloureuse, de toutes ses portées, Manouche en avait la certitude absolue. De longs mois de solitude et de peine profondes suivaient infailliblement le moment où le fermier, ayant découvert la portée, disparaissait en emportant les chatons dans un sac de jute pendu à son épaule. Chaque fois, c'était la même chose. Elle n'arrivait plus à se nourrir convenablement ou à s'intéresser à quoi que ce soit. Chacune des mises à bas la rendait encore plus faible. Celle-ci serait sûrement la dernière. Jamais plus elle n'aurait la force nécessaire.

Manouche s'arracha à sa rêvasserie et, silencieusement, elle se fit la promesse de tout donner, même sa vie, pour que son dernier effort soit une réussite. «Mes petits vont survivre cette fois-ci», se répétait-elle inlassablement.

Enfin, elle atteignit l'extrémité du champ de blé. Quel soulagement de découvrir qu'elle avait pris les bons virages! Lentement, elle se hissa sur les remparts érigés autour de l'église. Elle avait vu cet amas de roches s'élever année après année, à mesure que le fermier les y lançait. À cet endroit, elles ne risquaient plus d'endommager sa moissonneuse.

Elle examina le mur ouest de l'église, droit devant elle. Il y avait des trous un peu partout, là où le bois pourri était tombé. À l'aide de ses griffes avant, elle s'agrippa et se glissa tant bien que mal à travers l'un d'eux. Un clou rouillé égratigna son ventre, mais elle ne s'en rendit pas compte.

À l'intérieur, ça sentait le bois humide et la moisissure. Partout, des morceaux de peinture blanche se décollaient des murs dont le bois tournait lentement au gris sous l'effet des longs et durs hivers des Prairies.

Manouche parcourut le plancher, prenant soin d'éviter les endroits où des planches manquaient, jusqu'au coin d'en face et s'y installa pour attendre la naissance de ses chatons.

La mise à bas, lorsqu'enfin elle s'accomplit, fut très difficile. Son instinct lui disait que tout n'allait pas bien, mais elle était trop épuisée pour réagir tout de suite. Faisant appel au peu de forces qui lui restaient après cette dure épreuve, elle mangea le sac bleu-rouge qui enveloppait encore les chatons et elle lécha la couche gluante qui les recouvrait. Ces riches substances lui fourniraient toute l'énergie dont elle avait besoin pour fabriquer du lait à ses tout-petits. Finalement, tout à fait épuisée, elle finit par s'endormir.

Au matin, elle examina avec soin chacun des chatons réfugiés sous son ventre vide.

Maintenant, elle était prête à accomplir ce qui devait être accompli. Comme elle l'avait prédit, il y avait quatre chatons. L'un d'eux était mort-né. C'était un mâle et il était mort dans son ventre. Elle le prit dans sa gueule et l'emporta jusqu'à un trou dans le plancher. Là, elle laissa tomber le corps à demi formé sur le sol, dessous. Deux des trois autres chatons étaient parfaits mais le dernier, une femelle, était difforme. Une de ses pattes de devant ne s'était pas développée.

Elle savait ce qu'il lui restait à faire. C'était clair, elle ne pourrait pas survivre, cette petite. Elle ne pouvait pas la laisser comme ça. Doucement, elle la prit par la peau du cou et l'emporta entre ses dents, elle aussi, jusqu'au trou. D'un coup violent et sec, elle projeta en arrière la tête du petit animal et entendit les os du cou se casser. Puis, elle laissa tomber le corps dans le trou et s'y glissa ensuite elle-même. Avec ses pattes arrière, elle recouvrit de terre humide les deux cadavres. Elle avait accompli ce qu'il lui avait fallu accomplir. Elle pouvait maintenant aller retrouver ses deux autres chatons qui, eux, avaient eu la chance de naître en bonne santé, afin de leur présenter son lait. Oui, Manouche était heureuse.

Elle passa la semaine suivante près de ses chatons, ne s'en éloignant qu'une fois par jour pour aller faire son tour à la maison des maîtres. Là, elle mangeait la nourriture et buvait le lait que la fermière plaçait pour elle sur le perron dans des assiettes de métal. Mais, à mesure que le temps passait, elle devenait de plus en plus inquiète.

Les chatons ne se développaient pas comme ils auraient dû. Ils ne prenaient pas suffisamment de poids. Car son lait n'était pas assez riche. Dimanche, elle prit une décision. Elle allait devoir transporter ses petits plus près de la maison. Là, elle pourrait se nourrir mieux et plus souvent.

Il ne fallait absolument pas qu'on découvre ses chatons!

Manouche examina les choix qui s'offraient à elle. Elle opta finalement pour l'un des entrepôts à grains encore vides. Le fermier n'en aurait pas besoin avant plusieurs semaines. La récolte du blé était en effet encore bien loin.

Elle fit deux voyages. À chacun, elle transporta l'un des chatons dans sa gueule. Dans l'entrepôt, à l'aide de ses pattes, elle rassembla les grains de blé qui traînaient depuis l'an passé et en fit une pile. Elle en trouva des petites quantités dans les fentes du plancher et dans les recoins. Puis, après avoir choisi le coin le plus sombre, elle façonna un lit avec les grains et elle y déposa délicatement ses petits.

«Lorsque le fermier sera prêt à engranger les récoltes, les chatons seront assez vieux pour partir», raisonna-t-elle. D'ici là, elle leur enseignerait comment chasser. Pour qu'ils puissent subvenir à leurs propres besoins. Peut-être même pourraient-ils retourner vivre dans l'église où ils étaient nés. Manouche faisait des plans, toutes sortes de plans. Elle s'était bien promis que, cette fois-ci, ses chatons ne seraient pas noyés.

Comme elle l'avait espéré, la nourriture plus riche qu'elle trouvait près de la ferme rendait son lait plus épais et plus nourrissant. Les chatons se mirent donc à grossir rapidement. Chaque jour, elle sentait la force de leurs pattes augmenter. Ça lui faisait mal maintenant lorsqu'ils pétrissaient ses vieux mamelons pour en extraire du lait.

C'est en revenant de la grange qu'elle aperçut la chose pour la première fois. Elle venait juste de dévorer une vieille souris qu'elle avait attrapée de justesse. Cette viande n'était pas la plus délicieuse qu'elle ait jamais mangée, mais elle n'en était pas moins nourrissante. Elle venait de s'arrêter pour lécher une goutte de sang restée sur sa patte quand elle se rendit compte que quelque chose clochait. Elle força donc ses yeux à scruter attentivement les lieux.

Une fourche! C'était ça! Une fourche était posée contre le mur extérieur de l'entrepôt, juste à côté de la porte. Elle n'y était pas avant, Manouche en était tout à fait sûre. Et la porte! La porte était ouverte! Oh! non! elle ne pouvait pas, elle ne voulait pas voir ses chatons chéris se faire noyer.

Toutes griffes dehors, elle se précipita vers la porte de l'entrepôt, aussi vite que ses pattes handicapées par l'arthrite le lui permettaient. Elle n'avait aucune conscience de la douleur que cela lui causait. Elle était bien trop absorbée, bien trop décidée pour cela. Oui, Manouche était prête à mourir pour ses chatons.

* * *

Le sac de jute fit «flac» en tombant dans l'étang et vite il atteignit le fond, emporté par le poids des lourdes roches.

LA DISEUSE DE BONNE AVENTURE

— CETTE MME SARAH! JE LE DIS à toi, elle a un pouvoir. Pas de doute! Crois-moi, elle a un pouvoir que je te dis!

— Mme Sarah, elle a jeté un sort sur lui. Lui, il était en amour avec lui plus qu'avec moi. Lui, il pensait qu'il était si beau, oui! Mme Sarah, elle a arrangé ça. Elle a jeté un sort sur lui. Regardez-le maintenant. Plus un cheveu sur sa tête, plus un.

— Ma voisine, elle pouvait pas avoir un bébé, alors elle est allée à Mme Sarah. Mme Sarah, elle a mis une potion magique sur son doigt et elle a frotté sur le ventre de ma cousine. Dans cinq mois, le ventre, il a grossi comme un melon plein d'eau. Des jumeaux qu'elle a donnés à ma cousine, Mme Sarah!

Ces histoires, Tamara n'aurait pas pu dire combien de fois elle les avait entendues, mais jamais elle ne s'en lassait. C'était le genre d'histoires que racontaient entre elles les femmes descendues à l'étang. En même temps, elles battaient leur linge sur les roches ou elles le rinçaient dans l'eau bouillonnante des rapides, là où l'étang redevenait ruisseau. Toutes, sans exception, elles croyaient dur comme fer en cette Mme Sarah et en ses mystérieux pouvoirs. Tamara ne faisait pas exception.

Personne ne savait où habitait Mme Sarah et encore moins d'où elle venait. Cela faisait partie du mystère qui entourait sa personne. Les samedis, elle apparaissait, comme ça, au marché et s'installait à l'ombre de ce mûrier, là, un peu à l'écart des autres stands.

Assise confortablement, les jambes croisées sur un immense tapis en velours de toute beauté, elle recevait ses visiteuses. Du thé et des tranches de lime faisaient toujours partie du rituel.

Une fois la consultation terminée, la cliente déposait une pièce de cinquante centimes sur le tapis, en guise de paiement. On prétendait que, de toute sa vie, Mme Sarah n'avait jamais touché à l'argent. Mais ça, Tamara avait du mal à le croire. Si elles en avaient les moyens, et si l'entrevue avait été particulièrement satisfaisante, les femmes ajoutaient un ou deux centimes. Pour bien montrer leur gratitude.

Tamara rêvait du jour où elle pourrait, elle aussi, rendre visite à Mme Sarah. Ça ne serait plus bien long maintenant. Elle aussi, elle irait se faire dire son avenir. Dans deux semaines au plus, elle les aurait les cinquante centimes. Deux ou trois de plus même, pour exprimer sa gratitude. Elle n'allait tout de même pas gâcher un si beau jour en se montrant avare!

Ça n'avait pas été facile, bien sûr. Depuis la mort de son père, deux ans auparavant, la vie quotidienne avait été une bataille constante pour la famille de Tamara. Avec l'argent qu'elle rapportait du marché, la mère de Tamara pouvait à peine offrir à ses enfants leur pauvre diète composée de patates sucrées qu'elle faisait bouillir. Mais c'était le bois de chauffage qui devenait de plus en plus difficile à trouver. Comment fera-t-elle lorsqu'elle sera obligée, comme bien d'autres femmes, d'utiliser les morceaux de charbon de bois que le marchand général importait de la capitale depuis peu?

Tamara était l'aînée. À la maison, on avait grand besoin de l'argent qu'elle gagnait chez l'épouse du maire en balayant la cour et en lavant les planchers tous les matins. Avec cet argent-là, la famille pouvait varier un peu sa diète monotone en ajoutant une orange, un fruit de la passion, un pamplemousse, une noix de coco, des bananes. Parfois, lorsque la saison avancée faisait baisser les prix, Tamara pouvait même leur payer un melon bien rose et bien dodu. C'était la fête!

L'après-midi, lorsque leur mère partait ramasser du bois, c'était Tamara qui s'occupait de sa jeune sœur et de leurs trois frères.

Souvent le soir, une fois les enfants couchés sur la véranda de leur cabane en tôle, Tamara s'assoyait avec sa mère dans leur minuscule arrière-cour. Elles restaient ainsi jusqu'à ce que s'éteigne le feu sur lequel les patates sucrées avaient bouilli. Dans des moments comme celui-là, la mère de Tamara était portée à lui faire des confidences.

— Je sais pas bien, Tamara ma fille, comment nous allons survivre après l'après-demain. C'est pas possible avec ce tout petit peu d'argent. Il faut que je trouve, moi, une solution.

Parfois, la femme se mettait à pleurer. Alors, Tamara la prenait dans ses bras et lui disait en la berçant :

— Fais-toi pas du souci, ma mère. Fais-toi pas du souci. Tout sera bien et bon. Tu vas voir.

Même si elle avait douze ans à peine, Tamara était extrêmement habile lorsqu'il s'agissait de marchander. C'est d'ailleurs ce qui lui avait permis de ramasser assez de centimes pour consulter à son tour la diseuse de bonne aventure. À cette vendeuse qui lui offrait une douzaine d'oranges pour cinq centimes, Tamara rétorquait :

— Tu veux me voler. Tu veux faire une pauvre de moi. Des oranges, c'est des douzaines qu'il y en a qui pourrissent chez toi et tu veux que moi je te paye cinq centimes pour les douze ! Elles ont même pas de jus tes oranges, regarde !

Pour bien montrer qu'elle disait vrai, elle prenait une orange et la pressait bien fort, à un millimètre du visage de la vendeuse.

— Je te donne deux centimes pour les douze. T'auras pas de meilleure offre de moi. Alors tu fais mieux de dire oui!

— Tamara, Tamara, disait la vendeuse en riant, si toutes les clientes elles étaient comme toi, ça serait moi qui serais morte de faim. Bon, bon! pour toi seulement, trois centimes. Mais c'est moi qui fais le choix. Pourquoi tu achètes pas des autres vendeuses la prochaine fois? terminait-elle en pointant du doigt en direction de Tamara.

Une fois par mois, l'épouse du maire venait voir Tamara pour lui exprimer sa reconnaissance. Avec cérémonie, Madame venait s'asseoir sur un banc du jardin, à côté du mur couvert de bougainvilliers aux couleurs de pourpre.

— Tamara, ma fille! Viens ici, mon enfant!

Tamara déposait son balai pour se rendre au désir de la femme.

— Assieds-toi ici à côté de moi, Tamara. Oh! tu es une si jolie fille! Tiens, prends ce verre de jus d'orange, c'est pour toi. Il est frais. Je l'ai pressé moi-même. J'en viens tout juste.

L'épouse du maire, tout le monde le savait, était stérile; jamais elle ne pourrait avoir d'enfant. Mais son cœur était grand. Aussi Tamara aimait bien s'asseoir avec elle un moment, un peu comme une fille aurait pu le faire avec sa mère.

À la fin de sa visite, l'épouse du maire déposait dix, parfois quinze centimes dans la main de Tamara en lui disant:

— Un petit cadeau. C'est pour toi, juste pour toi. Va maintenant, ma fille, va.

Un mois plus tard, Madame viendrait, encore une fois, montrer à Tamara à quel point elle appréciait ses services. Puis elle laisserait à sa domestique le soin de remettre à Tamara les cinq centimes par jour qui lui étaient dus.

Grâce à ces cadeaux et à son talent de marchandeuse, Tamara avait réussi à économiser la somme d'argent dont elle avait besoin.

Le jour où enfin elle allait rendre visite à la diseuse de bonne aventure, Tamara s'était levée très tôt. Tellement tôt que les coqs n'avaient pas encore commencé à chanter le réveil dans les basses-cours. On ne pouvait pas encore sentir non plus l'odeur du feu qu'on préparait très tôt pour cuire les repas de la journée. Au moment précis où elle s'apprêtait à ouvrir en silence la porte de la cour, derrière la maison du maire, le soleil perça le ciel gris de son premier rayon doré.

Tout en s'adonnant à ses tâches, Tamara se chantait à elle-même une mélodie toute en douceur. C'était un air que sa mère lui avait appris.

Comme elle allait finir son travail, la cuisinière, elle, se présentait au travail, les yeux encore pleins de sommeil, les provisions du jour bien enveloppées dans un linge blanc et posées en équilibre sur sa tête.

Après avoir échangé quelques politesses avec elle, Tamara se précipita à travers les rues à peine réveillées qui menaient aux abords de la ville. Elle dévala le vieux sentier de terre battue et le suivit jusqu'au ruisseau dans le fin fond du ravin. Le soleil brillait maintenant de toutes ses forces et la rosée du matin s'évaporait en laissant une mince couche de vapeur sur les feuilles.

Tamala enleva sa robe et plongea dans le ruisseau. Elle se frictionna avec l'éponge de concombre qu'elle avait apportée dans un sac. Après s'être laissé sécher au soleil, elle se badigeonna avec un peu d'huile de coco pour faire briller sa peau.

Le marché était déjà très animé lorsque Tamara s'y présenta. Heureusement pour elle, personne n'avait encore pris place sur le tapis en velours de Mme Sarah. Tamara tint cela pour un bon présage, comme un signe que son avenir serait bon.

Avec beaucoup de cérémonie, la diseuse de bonne aventure remplit deux verres de thé et poussa une petite assiette en porcelaine couverte de tranches de lime vers l'autre côté du tapis, là où s'était assise la jeune fille absolument rayonnante.

— Tes rêves, Tamara, ils racontent quoi? Ton secret, dis-le-moi d'abord. Dis-moi, ce que tu veux plus que n'importe quoi, qu'est-ce que c'est? Après, moi je te dirai ton avenir et on verra si ça fait du bon sens.

— Je veux voir la ville. Plus que tout le reste, je veux aller dans la ville, dit-elle en rosissant un peu. Mon papa, il a toujours dit qu'il m'amènerait avec lui dans la grande ville avant qu'il soit mort. Ce que je veux, c'est ça. Voir avec mes yeux à moi les édifices si grands qu'ils rendent étourdis juste à les regarder. Voir les vitrines remplies avec rien que des robes, rien que des robes. Voir les belles dames. Et les bateaux-hôtels couchés dans le port! C'est ça qui est mon désir.

Madame Sarah regarda Tamara tout droit dans ses grands yeux noirs et serra sa main dans la sienne un moment.

— Regardons dans l'avenir, dit-elle.

La diseuse de bonne aventure éleva lentement sa main droite, posa le bout du pouce au bas de sa joue et le bout d'un doigt sur son front. Ses yeux étaient fermés. Sa tête penchait un peu de côté. Elle était complètement immobile; rien ne bougeait, excepté un anneau doré et tremblotant qui perçait une oreille échappée de sous son turban.

Tamara ne bougeait pas elle non plus.

Brusquement, Madame Sarah ouvrit les yeux, dressa la tête et plissa les paupières.

— Oui, mon enfant, il y a un voyage! Tu vas aller dans la grande ville.

Tamara se tourna vers l'océan au pied de la colline. Ses dents blanches scintillaient entre ses lèvres grandes ouvertes, dans un beau sourire. Elle ramena son regard jusqu'à la diseuse de bonne aventure.

— Dis-moi pas plus, madame Sarah. C'est assez comme ça. C'est mieux, je pense, si je rêve encore. Je veux pas que tu chasses mon beau rêve.

— Oui, mon enfant, c'est mieux si tu rêves.

Mme Sarah attendit un bon moment avant de ramasser les pièces de monnaie que Tamara avait laissées sur le tapis. Lentement, elle les tourna et les retourna dans sa main brune.

Deux mois passèrent avant que Tamara aille à la ville, deux merveilleux mois. Pourtant elle n'avait rien changé à sa routine et elle n'avait confié à personne le bel avenir qui n'attendait qu'elle. Mais lorsqu'elle se couchait la nuit, des rêves fantastiques remplis d'images de la ville envahissaient son univers.

Un soir, après que le soleil se fut couché et que le feu se fut éteint, Tamara vint s'asseoir dans la cour avec sa mère. L'odeur des citronniers en fleurs parfumait l'air que la douce brise du soir transportait de la montagne. Tamara ne voyait pas le visage de sa mère.

— Tamara, j'ai une nouvelle tellement bonne pour toi. Tu vas aller dans la grande ville. Demain. Demain matin.

— Ma mère, pourquoi tu fais des blagues? C'est pas possible, tu sais bien. Où tu prendras l'argent pour l'autobus?

— Ma fille, tu sais pas tout ce qu'il faut savoir. De l'argent, il y en a. À la première heure, tu vas réveiller tes frères et ta sœur. Puis tu vas les laver. L'autobus qui passe sur la route dure, c'est lui qui va nous emmener.

— Tu dis la vérité, ma mère? Tu fais pas de blague? Tout le monde, on va aller dans la ville, au matin?

— Je dis la vérité, mon enfant chérie.

— Alors, ma mère, ça sera demain le jour le plus beau de ma vie. Je vais aller dans la ville comme c'était la promesse de mon père!

— Oui, ça sera un beau jour. Va maintenant, ma fille. Ça sera mieux si tu dors un peu. Moi, je reste un moment. Le parfum des fleurs de citron, c'est si doux...

Le trajet en autobus fut comme un rêve pour Tamara. Jamais de sa vie elle n'avait vu une si grosse machine, et voilà qu'elle voyageait dedans! Sa mère s'assit en avant, près du chauffeur. Tamara et les enfants, eux, prirent place à l'arrière. Ils chantaient, ils pointaient du doigt ceci et cela par la fenêtre tout en savourant les délicieuses oranges que Tamara avait apportées exprès pour l'aventure. L'autobus traversa les montagnes, longea le bord de la mer et côtoya les plantations de bananiers aux maisons jaunes et roses. Pour Tamara, ces maisons-là étaient de véritables palais.

Ils descendirent de l'autobus aux limites de la grande ville. Tamara regarda par dessus les collines et aperçut le port, juste en bas. Elle n'avait jamais vu autant d'édifices d'un seul coup. Il y en avait aussi loin que l'œil pouvait voir.

— Des gens, il y en aura plus encore que des grains de sable sur la plage, songeait Tamara.

— Venez, dit la mère en montrant le chemin bordé de palmiers qui partait de la grand-route, là où l'autobus les avait laissés descendre. Venez, mes petits. Au bout du chemin, il y aura une maison grande, très grande. Plus grande qu'un rêve. Une maison comme un château. Avec dedans du gâteau et de l'eau glacée au citron. Comme des rois et des princesses, vous serez. Ils nous attendent. Moi, je dois aller faire des choses. Je vous laisse là, juste un peu de temps. Allons.

Docile, la petite troupe suivit la route qui faisait des détours comme un serpent. Les enfants riaient et criaient à pleins poumons. Ils couraient devant et, se retournant vers leur mère et Tamara, ils leur faisaient de grands signes pour qu'elles se dépêchent. Enfin, on venait de sortir du dernier virage. Droit devant eux se dressait, tel que promis, une maison toute blanche entourée d'un immense jardin. Tamara pouvait déjà entendre des voix enfantines cachées derrière les persiennes jaunes qu'on avait fermées pour se protéger du soleil de l'après-midi.

La mère de Tamara s'arrêta.

— Je vais m'en aller. Dans un peu de temps, je vais revenir pour vous chercher. Vous allez être sages, mes enfants. Tamara, tu fais ce qu'il faut faire! Vous vous en allez dans la maison maintenant. Ils attendent après vous.

Elle se retourna et fit rapidement l'envers du trajet vers la grand-route.

Tamara cueillit dans la haie d'hibiscus à côté d'elle un bouton de fleur d'un beau rouge flamme et courut rejoindre sa mère. L'enlaçant par derrière, elle déposa la fleur dans sa main.

— J'ai un bonheur tellement grand à cause de toi, ma mère chérie, l'après-midi ici va passer trop vite, trop vite!

Tamara retourna vers les enfants qui, à sa suggestion, joignirent leurs mains pour former une chaîne. Elle se plaça en tête de ligne et les entraîna jusqu'à l'entrée de l'orphelinat.

Elle ne devait plus jamais revoir sa mère.

LA COMPÉTITION

YLANA ILLIOVICHA EFFLEURE d'un baiser la joue de sa mère. Puis, après s'être perchée bien haut sur la pointe des pieds, elle passe les bras autour du cou de son père et se repose un moment contre la poitrine de l'homme.

— Papa, je vais la décrocher, tu sais. Je ne reviendrai pas sans la médaille d'or.

— Ylana, Ylana, tu prends toute cette histoire de natation beaucoup trop au sérieux! L'important, c'est que tu fasses de ton mieux. C'est tout, dit Nadia Illiovicha en tirant gentiment sur la queue de cheval de sa fille. Si tu ne gagnes pas cette fois-ci, il y aura toujours les Jeux olympiques dans deux ans... C'est cette victoire-là qui compte, c'est celle-là qu'il te faut remporter.

Ylana détecte comme un doute dans la voix de sa mère. C'est probablement celui-là même qui l'a assaillie, elle aussi, ces trois derniers mois. Il s'est installé le jour où on lui a annoncé qu'elle allait faire partie de l'équipe déléguée à la Coupe du monde.

Est-ce que son genou va être assez fort? Il lui a fait rater les deux dernières compétitions de la

Coupe. Si seulement ce genou de malheur pouvait tenir encore un peu! Les médecins ont vraiment fait tout ce qu'ils ont pu. L'articulation est souple à nouveau et Ylana nage maintenant mieux que jamais. Même qu'elle s'est approchée à une fraction de seconde du record du monde aux cent mètres, nage papillon. Encore un peu de temps et elle va devenir la nageuse la plus rapide au monde. Elle s'est bien promis d'y arriver aux Jeux olympiques. Tout dans son entraînement tend vers ce but. Ivan Popov, qui travaille avec elle depuis huit ans maintenant, a tout planifié avec Ylana. Tout le monde sait qu'il n'y a pas de meilleur entraîneur qu'Ivan Popov. Mais, au bout du compte, c'est un genou, un simple genou qui va tout décider.

Ce que la mère d'Ylana ignore, ce qu'Ylana a omis de lui confier plutôt, c'est ce que le représentant du ministère des Sports lui a dit:

«Ylana Illiovicha, vous êtes une splendide nageuse! Dans l'eau vous vous mouvez comme... comme un dauphin. Mais il faut absolument que vous arriviez à briller en compétition internationale aussi, pas seulement lors des séances d'entraînement... Nous vous laisserons aller aux compétitions de la Coupe du monde, Ylana, mais il faudra que vous finissiez première. Sinon, nous devrons vous retirer de l'équipe nationale et préparer quelqu'un d'autre pour les Jeux olympiques.»

Ce que la mère d'Ylana ne sait pas, c'est que tout, absolument tout, dépend des résultats à la Coupe du monde. Si Ylana n'en revient pas victorieuse, tout sera fini pour elle.

— Oui, maman. Tu as raison. Je prends tout ça trop au sérieux, dit Ylana en souriant. Mais on m'attend. Il ne me reste plus que quarante-cinq minutes pour me rendre au Centre sportif et prendre l'autobus qui nous amènera à l'aéroport.

Elle accroche le grand sac à son épaule et s'engage dans le matin blême de Sofia en direction du Centre sportif. En route, elle se penche une seconde vers un des énormes pots de fleurs qui ornent les avenues et y cueille un beau géranium rose. Elle le porte bien vite à ses narines, puis le glisse sous la courroie de son sac.

Ivan Popov ne mentionne pas une fois la compétition pendant toute la durée du vol. Il ne parle que de ses médailles d'or, celles qu'il a lui-même remportées il y a vingt ans. Et des nombreux voyages qu'il a faits autour du monde avec l'équipe nationale : New York... Londres... Moscou... Montréal... Brisbane...

Lorsqu'Ylana descend de l'avion pour se réchauffer sous le bon soleil de Barcelone, toutes sortes d'idées se bousculent dans sa tête. Il faut absolument qu'elle garde sa place au sein de l'équipe nationale. Cette course, il faut à tout prix qu'elle la gagne. Rien d'autre ne compte dans sa vie présentement. En somme, il ne tient qu'à elle d'en sortir victorieuse ou perdante.

Même si le vestiaire des nageuses est bondé, il ne s'y fait que très peu de bavardage. Pendant qu'elle se déshabille, Ylana ne peut s'empêcher de regarder vers le coin où Adrienne Higgins enfile le maillot noir des athlètes britanniques. C'est elle, l'adversaire. Adrienne Higgins est «la» nageuse à battre. À 57,93 secondes, elle a réussi à égaler le record du monde lors des préliminaires et tout le monde s'attend qu'elle le dépasse aux épreuves finales.

Ylana a fini première, elle aussi, lors des préliminaires dans son groupe, mais son temps à elle n'a pas été remarquable. 83 centièmes de seconde de plus que celui de la Britannique. Cela ne la dérange pas trop cependant, car elle n'avait pas donné son meilleur rendement. Tout ce qu'elle avait visé aux préliminaires, c'était une place dans les finales.

«Comme elle a de beaux cheveux!» se dit Ylana en enfermant les siens, plutôt rebelles, dans le bonnet de bain. Pendant qu'elle enfile son peignoir, elle s'approche de la jeune fille.

— *Good luck*! lui dit-elle dans son plus bel anglais.

Puis elle rejoint Ivan Popov dans l'aire de réchauffement. C'est là que les nageuses attendent que leur catégorie soit annoncée.

— Bouge, Ylana! Bouge! Il faut que tu délies chacun de tes muscles. Il faut que tu les réchauffes un par un. Allons! Tu n'as pas une seconde à perdre.

Ylana fait un oui de la tête et entreprend une série de papillotements rapides des poignets pour bien secouer les muscles de ses arrière-bras.

— Il faut qu'ils soient tout à fait prêts quand tu en auras besoin, dit Ivan Popov en passant un bras autour des épaules de la jeune fille. Souviens-toi bien d'une chose : tu dois prévoir le coup de pistolet. N'attends pas que la détonation t'arrive jusqu'aux oreilles, prévois-la! Le moindre petit centième de seconde est précieux. Il faut absolument que tu prévoies le pistolet, continue-t-il, complètement absorbé dans son discours. Ton corps doit déjà être en position d'envol lorsque la détonation retentit. Tes orteils doivent être les seules choses qui soient encore en contact avec le bloc de départ à ce moment-là et ils devront suivre immédiatement le reste de ton corps.

Ivan Popov fait un cercle avec son pouce et son index droits, ne laissant qu'un espace micro-scopique entre les deux ongles, et les approche du visage d'Ylana.

— Il faut que tout soit réglé aussi serré que ça!

C'est à ce moment-là qu'Ylana entend l'écho d'une voix amplifiée en provenance de la piscine : on annonce sa course. L'instant de vérité est enfin arrivé.

Elle prend place dans les rangs avec les autres. Elle est septième. Cela veut dire le septième couloir... Mauvais, très mauvais. L'eau y sera plus agitée à cause des vagues qui vont frapper les murs de la piscine, bondissent et reviennent. C'est un des couloirs du centre qu'elle avait espéré décrocher : le quatrième ou le cinquième.

«Adrienne Higgins est dans le couloir numéro cinq, constate-t-elle en examinant le dos de la nageuse devant elle. Elle a un net avantage sur moi.»

La colonne des concurrentes se dirige vers la piscine. Ylana en profite pour faire le vide dans sa tête, se concentrant entièrement sur la compétition elle-même. Encore et encore, elle refait dans son esprit le départ parfait. Puis elle visualise sa course en évoquant la stratégie élaborée par Ivan Popov.

Adrienne Higgins est très rapide au départ. C'est donc elle qui, la première, atteindra l'autre bout de la piscine. Ylana, par contre, est plus forte au retour. C'est à ce moment-là qu'elle en profitera pour rattraper Adrienne, dans les derniers cinquante mètres.

À mi-chemin, la Britannique sera en avance d'une demi-longueur. Ylana la rattrapera et ne la lâchera pas pendant le troisième quart de la course. Enfin, elle n'aura qu'à accélérer son rythme pour dépasser l'adversaire dans les derniers vingt-cinq mètres.

Ylana est prête. Rien d'autre n'existe plus.

Rien d'autre n'occupe son esprit à présent que la course. Ses orteils sont parfaitement agrippés au bloc de départ, ses genoux pliés juste ce qu'il faut, son corps légèrement incliné vers l'avant, ses bras lancés vers l'arrière et sa tête relevée. Elle attend le signal du départ.

Elle attend... attend... attend «le» moment...

MAINTENANT!

Lançant ses bras devant, Ylana bondit et se propulse instantanément hors de la position accroupie. L'espace d'une fraction de seconde, son corps forme un arc puis il se tend comme une flèche. Ses orteils quittent le bloc pour la suivre dans les airs. Le bout de ses doigts a déjà touché l'eau lorsqu'elle entend le deuxième appel du pistolet. C'est à cause d'elle, elle en est sûre. Elle est partie avant le signal. Il faudra reprendre le départ.

Cela n'a pas d'importance. Ylana a vécu cette situation des centaines de fois à l'entraînement. Ce n'est pas un incident comme celui-là qui viendra briser sa concentration. Elle ne sera pas disqualifiée, même si elle cause un autre faux départ. Encore une fois, elle n'attendra pas que la détonation parvienne jusqu'à ses oreilles. Encore une fois, elle la préviendra.

«Préparons-nous»... MAINTENANT! Ylana s'élance de nouveau. Elle fait un effort pour bien se propulser et fendre l'air. Quelque chose ne va pas, cependant, elle le sent bien.

Faux départ dans le couloir numéro trois! Ylana le savait déjà, avant même de quitter le bloc, mais il était trop tard pour arrêter sa plongée.

Troisième départ. «Maintenant, ça y est, se dit Ylana. Cette fois ils nous laisseront aller. Ils vont attendre la fin de la course pour disqualifier la nageuse qui partira trop tôt. Cette fois, nous allons la terminer, cette course, quoi qu'il arrive.» Ylana tend bien ses muscles et s'accroupit, encore une fois.

Elle s'élance de nouveau!

Dans leur appartement de Sofia, le père d'Ylana monte de plusieurs crans le volume de la radio. La main en porte-voix et bien collée à son oreille droite, il s'approche de l'appareil pour saisir les paroles du commentateur à travers les bruits statiques.

... et c'est parti pour le cent mètres papillon! On ira jusqu'au bout de la course cette fois, advienne que pourra... La jeune Britannique a réussi un excellent départ dans le couloir numéro cinq... Voilà Ylana Illiovicha dans le couloir numéro sept, elle est à égalité avec la Britannique au moment où elles remontent toutes les deux à la surface... La Britannique avance à furieuse allure... elle sait très bien qu'elle devra avoir une bonne avance à la mi-course si elle veut décro-

cher la médaille d'or. Heureusement, elle est forte dans les premiers cinquante mètres... Oui... oui... elle laisse déjà Illiovicha et les autres derrière... Regardez-la aller... elle est bien décidée... elle a maintenant toute une longueur d'avance sur Illiovicha... Les autres concurrentes ne sont déjà plus dans la course. Si quelqu'un peut encore rattraper Higgins, c'est la jeune Bulgare. Illiovicha ne se tient pas pour battue. Elle suit toujours... les voici maintenant sur le point d'atteindre le mur du fond... Higgins effectue son virage, suivie par la Bulgare dans le couloir numéro sept, toujours une longueur derrière... C'est ici qu'Illiovicha devra déployer toutes ses énergies. Tout est encore loin d'être perdu pour elle. En effet, elle est réputée pour sa grande puissance en deuxième moitié de parcours...

Ylana repousse le mur aussi fort qu'elle le peut. Elle sait que la nageuse du couloir numéro cinq a une forte avance, une demi-longueur en fait de plus que ce qu'elle avait prévu. Ça y est maintenant: les derniers cinquante mètres. «C'est ici que je vais me rattraper», pense-t-elle.

Ylana fend la surface de l'eau en projetant ses bras devant elle. Elle s'étire. Elle se concentre. Elle ramène les bras vers le bas avec l'énergie du désespoir. Le choc propulse sa tête et sa poitrine hors de l'eau, puis les ramène dessous. Derrière, elle tranche dans l'élément liquide, jambes bien collées, orteils pointés... déployant d'énormes efforts... Traction, plongée, battement. Traction, plongée, battement. Traction, plongée, battement...

Ylana augmente sa vitesse. Traction, plongée, battement. Elle peut sentir, aux mouvements de l'eau, qu'elle gagne du terrain et se rapproche de la concurrente numéro cinq. Plus que vingt-cinq mètres à couvrir. Voilà, c'est ici qu'elle doit mettre le paquet si elle veut l'emporter.

Traction, plongée, battement. Traction, plongée, battement... Ylana sent le rythme dans son corps... Traction, plongée, battement... Ses bras volent devant elle, ils tirent de plus en plus vite; son corps s'arc-boute dans un sens, puis dans l'autre... L'énergie la traverse toute dans une vague bien rythmée, passant de l'extrémité de ses doigts à l'extrémité de ses orteils... dans un suprême effort. Deux mètres encore, les derniers... Ylana plonge en direction du mur. Fini le travail. La course est terminée.

Elle s'accroche au rebord de la piscine et se tire hors de l'eau. Sa tête à peine sortie, elle s'empresse d'aspirer le bon air dans ses poumons affamés. Puis elle se tourne vers le couloir numéro cinq.

Adrienne Higgins, déjà hors de l'eau, brandit un poing au-dessus de sa tête en signe de victoire. «J'ai perdu... se lamente Ylana. J'ai perdu la course...» Le choc de la défaite la secoue tout entière. La foule en délire se met à tournoyer dans ses yeux. Une nausée la prend soudainement et tout devient noir.

* * *

— Ylana?... Ylana?...

L'âpre odeur des sels lui pique le nez. Petit à petit, elle retrouve ses esprits.

— N'aie pas peur, Ylana. Tu t'es évanouie. On t'a transportée au vestiaire. C'est moi, Ivan Popov. Est-ce que tu me vois, Ylana?

Elle réussit à ouvrir une toute petite fente sous ses paupières alourdies. Du revers de la main elle repousse mollement la bouteille de sels.

— Elle a été disqualifiée, Ylana. Disqualifiée! Elle est partie trop tôt. Higgins n'a pas su prévenir le coup de pistolet. Elle a tenté de le devancer. C'est toi qui as gagné!

Une larme qui pend au bout du nez de Popov va s'écraser sur la joue d'Ylana.

— Tiens, c'est à toi, bien à toi. Tu vas le prouver aux Jeux olympiques.

Ivan Popov dépose la médaille d'or au creux de la main d'Ylana et la referme doucement.

MEURTRE
ACCOMPLI

LORSQUE LE CHEF DE POLICE A ÉTÉ assassiné, personne à San Felipe n'a demandé pourquoi. Dans la petite ville, il n'y avait pas une seule famille qui n'ait eu un motif valable. Pas une seule.

Pour certaines de ces familles, la rancœur était encore récente. Pour d'autres, elle remontait à vingt, trente ans même. La victime du chef de police avait pu être une mère, un oncle, ou encore un cousin par alliance. Cela n'avait, au fond, aucune importance. Chez les gens de San Felipe, un tort qui n'avait pas été redressé était transmis, tel un héritage, d'une génération à l'autre. Et ce, jusqu'à ce que l'honneur de la famille ait enfin été lavé.

Lorsque le chef de police a été assassiné, ce qui avait compté le plus aux yeux de ces familles, c'était que justice avait enfin été faite, c'était qu'un mal avait été redressé par un bien, c'était que vengeance avait été exercée.

Ce qu'il y avait d'exceptionnel dans ce cas et qui alimentait les discussions des hommes rassemblés à la taverne et celles des femmes venues chercher de l'eau au puits du square, c'était la manière dont le meurtre avait été commis. Même l'inspecteur délégué par les autorités de la capitale (un homme tout à fait intègre) avait noté dans son dernier rapport au ministre combien les faits lui avaient paru extraordinaires dans cette affaire.

Évidemment, je n'étais pas là à l'époque.

Tout ce que je peux vous dire me vient des confidences que je suis allé recueillir auprès des gens de San Felipe. Ils ont tous accepté avec plaisir de me rencontrer, surtout les plus vieux. Évidemment, le rapport de l'inspecteur au ministre m'avait permis, dans une large mesure, de reconstituer le crime. Mais ce furent les souvenirs de tous ces témoins qui redonnèrent en quelque sorte vie aux faits eux-mêmes.

Voici donc comment les choses se sont passées.

Dans la taverne, qui n'était en fait qu'un toit fait de perches rassemblées par des cordages et posé sur des poteaux, il n'y avait ce jour-là que trois clients. Même s'ils se connaissaient bien, ils n'avaient pas planifié d'être là tous les trois au même moment. C'était plutôt pour échapper au soleil intolérable de l'après-midi ou encore à l'ennui qui régnait chez eux qu'ils s'y trouvaient.

Il y avait Hector Rivera, un homme de grande sagesse. C'était lui qui leur avait suggéré la manière de procéder. Il y avait aussi Ernesto

Morales, pas tout à fait aussi intelligent qu'Hector
Rivera. Il n'avait pas bien saisi toutes les subtilités
du plan, mais on pouvait avoir entière confiance
en lui. Il y avait enfin Ricardo Curazon, qui n'avait
que quatorze ans. À cause de sa grande taille et
de sa force peu commune, les jeunes de son âge
l'avaient rejeté. C'est pourquoi il avait cherché
refuge auprès des adultes.

Voilà donc les trois hommes qui avaient
concocté le meurtre du chef de police en cet
après-midi de canicule. Plusieurs autres à qui j'ai
parlé ont prétendu avoir eu un rôle à jouer dans
l'affaire et connaître certains secrets. Ils ont
même suggéré qu'ils avaient eu, eux aussi, une
part de responsabilité. Cependant, les faits n'ap-
puyaient aucune de leurs prétentions.

L'après-midi suivant cette rencontre fortuite,
les trois hommes ont posé leur premier geste.
Chacun sortit alors d'un chapeau un morceau de
papier exactement semblable aux deux autres.
Hector Rivera les avait préparés chez lui ce
matin-là. L'un des trois papiers avait été, préala-
blement, marqué d'une croix par lui.

Ils en avaient fait le serment solennel: celui
qui tirerait le morceau de papier portant une
croix allait devoir exécuter le meurtre. Seul le
meurtrier allait savoir qui il était. Les trois
hommes jurèrent ensuite que jamais ils ne parle-
raient de ce tirage. Jamais ils ne confieraient à
qui que ce soit ce qu'ils avaient trouvé sur les

morceaux de papier en cet après-midi poussié-
reux, à San Felipe.

Le meurtrier accomplirait sa mission, tout
simplement, comme il l'entendait et n'en dirait
rien. Une fois le crime perpétré, une fois le chef
de police exécuté, seul le meurtrier saurait en
toute certitude l'identité du coupable et il empor-
terait son secret avec lui dans la tombe. Tous les
trois, ils seraient tout aussi coupables l'un que
l'autre. Peu importe lequel d'entre eux allait porter le coup fatal. Ce serait, en fin de compte,
comme si chacune de leurs mains avait manipulé
l'arme du crime.

Treize jours plus tard, vers 1 h 30 du matin (le
docteur Asuncion, à qui on avait confié l'autop-
sie, n'avait pas beaucoup d'expérience dans ce
domaine et il n'avait pu déterminer avec préci-
sion l'heure du décès), le chef de police avait été
assassiné.

Maria de Sousa avait découvert le cadavre.
Comme d'habitude, elle s'en allait au marché, au
petit matin, pour y vendre les *tacos* qu'elle préparait sur un feu de bois. Le corps du chef de
police était étendu face contre sol dans la ruelle,
à côté de sa propre maison. Plusieurs atta-
chèrent beaucoup d'importance au fait que la
fenêtre de sa chambre, qui se trouvait à trois
mètres à peine de l'endroit où on l'avait trouvé,
était grande ouverte.

On avait attaqué le chef par derrière et on
l'avait étranglé avec un mince cordon tressé à la

main avec du chanvre de la région. Selon Maria de Sousa, il était improbable que la victime ait pu apercevoir le visage de son bourreau.

Il n'y avait pas de journal local à San Felipe. De plus, celui qu'on faisait venir de la capitale n'arrivait que l'après-midi et, à cause de la distance énorme entre les deux villes, il portait immanquablement la date de la veille. Cependant, cela n'empêcha pas la nouvelle de se répandre à travers San Felipe aussi vite qu'une traînée de poudre.

Hector Rivera apprit toute l'histoire du barbier chez qui il était allé faire sa visite hebdomadaire.

La Señora de Sousa, dont la petite-fille avait découvert le cadavre, fit pour sa part une visite surprise à Maria, sous prétexte de l'aider à vendre ses *tacos*. C'est la Señora elle-même qui avait tout raconté à Ernesto Morales. Ce dernier, attiré par la foule autant que par la faim qui le tenaillait, s'était approché du stand pour y manger une bouchée.

Ironiquement, Ricardo Curazon, qui était resté au lit ce matin-là, fut le dernier à apprendre la nouvelle. À 11 h 15, sa mère était venue le réveiller avec un bol de lait chaud dans lequel elle avait mis un peu de cassonade. Elle lui raconta tout ce qu'elle avait elle-même entendu au marché le matin même. «On a assassiné le chef de police», avait-elle commencé...

Pour ne pas éveiller les soupçons, les trois hommes ne dérogèrent en rien à leur routine habituelle. Ils évitèrent de s'asseoir ensemble à la taverne, comme cela leur était déjà arrivé auparavant. Ils se saluèrent l'un l'autre, poliment, mais rien de plus. Tel que convenu entre eux, ils ne parlèrent à personne des événements du jour.

Un développement tout à fait imprévisible les força cependant à se réunir une deuxième fois. En effet, voulant profiter de l'occasion pour prouver à ses supérieurs qu'il méritait une promotion, l'adjoint du chef de police venait d'annoncer qu'il avait solutionné le crime. La nuit précédente, vingt-quatre heures seulement après le meurtre, il avait arrêté le Señor Gerardo Ramirez.

Gerardo Ramirez n'était pas de San Felipe. C'est pourquoi plusieurs témoins avaient pu jurer l'avoir vu, le soir du meurtre, flâner aux abords de la maison du chef de police. À San Felipe, un étranger ne passe jamais inaperçu.

Cette fois-ci, bien cachés dans le jardin d'Hector Rivera, chacun laissa tomber un morceau de papier plié semblable aux autres dans un chapeau de paille, celui-là même qu'ils avaient utilisé auparavant. Celui des trois qui avait commis le crime, si cela avait vraiment été l'un d'eux, avait fait au préalable une croix sur son bout de papier. De fait, Hector Rivera trouva une croix sur le deuxième morceau de papier qu'il déplia.

Même si ces trois hommes avaient commis un meurtre, ils ne manquaient pas d'un sens certain de l'honneur, et cela, la croix qu'Hector Rivera avait trouvée le prouvait hors de tout doute. Après tout, ils n'étaient pas des criminels endurcis. Ils ne pouvaient souffrir de voir Gerardo Ramirez, un innocent, pendu sur la place publique pour un crime qui n'était pas le sien. Hector Rivera se vit donc obligé d'élaborer une nouvelle stratégie sur laquelle, encore une fois, ils se mirent tous d'accord.

Après avoir pris soin de bien déguiser son écriture, celui des trois qui était l'auteur du crime plaça trois copies de sa confession dans un endroit dont ils avaient convenu d'avance. Il y avait inscrit absolument tous les détails dont il se souvenait, peu importe s'ils lui avaient paru insignifiants. Trois jours plus tard, les trois hommes se rencontrèrent à nouveau (à un kilomètre environ hors des limites de la ville, là où le désert commence). Chacun prit une copie de la confession qu'il rapporta ensuite à la maison. Seul le meurtrier savait qui l'avait rédigée.

Chacun apprit par cœur le récit du meurtre, en faisant bien attention de n'omettre aucun détail.

Le rapport de l'inspecteur indique que ce jour-là, précisément, celui-ci est arrivé à San Felipe pour y mener l'enquête dont on l'avait chargé. C'est donc à lui que Ricardo Curazon fit ses aveux. La suite d'événements qu'il avait relatés correspondait tellement bien, et dans les moindres détails, aux preuves déjà accumulées que l'inspecteur fut convaincu de sa véracité.

Gerardo Ramirez fut libéré sur-le-champ. Ricardo Curazon, lui, fut inculpé et emprisonné pour le meurtre du chef de police.

Le jour suivant, l'inspecteur reçut deux autres visiteurs.

Hector Rivera d'abord. Il s'accusa d'avoir tué le chef de police. Même sa femme, à qui il s'était confié, ne savait pas si c'était vraiment lui le coupable. On l'inculpa donc lui aussi et on lui fit partager la cellule de Ricardo Curazon.

Ernesto Morales ensuite. Il fut, lui aussi, inculpé et incarcéré avec les deux autres. L'inspecteur, qui était pourtant un homme d'une intelligence au-dessus de la moyenne, n'arrivait pas à trouver la moindre contradiction entre les trois confessions. Celle d'Ernesto Morales était en tous points identique aux deux autres.

Les trois prisonniers ne passèrent entre eux aucune remarque sur l'affaire. Ils parlèrent de tout et de rien: de la nourriture qu'on leur servait en prison, du temps qu'il faisait, du prix que commanderaient les récoltes de chanvre au marché de la capitale, et ainsi de suite. Pas une seule fois ils ne mentionnèrent le meurtre du chef de police.

Pendant les cinq jours qui suivirent, les accusés ne reçurent aucune visite de l'inspecteur.

Personne ne vint les interroger non plus. On les laissa tranquilles. Ils furent bien nourris et aucun d'entre eux n'aurait par la suite l'occasion de se plaindre de la façon dont il avait été traité au cours de ces cinq jours.

L'inspecteur se rappelle encore avec quelle chaleur et dans quel esprit de camaraderie ils l'ont reçu, tous les trois, lorsqu'il se présenta à leur cellule cinq jours plus tard pour leur faire part de sa découverte. Ils l'avaient reçu un peu comme un ami qui revient après une longue absence. L'inspecteur n'avait pu déceler chez eux aucune haine, aucune rage, aucune rancœur.

Cependant, ce que l'inspecteur était venu leur annoncer n'avait pas manqué de les estomaquer. Aujourd'hui encore, il se souvient très clairement de cet après-midi-là. Évidemment, je suis porté à croire que le passage du temps a altéré quelque peu certains détails d'importance mineure. Voici néanmoins, aussi fidèlement qu'il s'en souvient, ce qu'il leur avait dit :

— Messieurs, le casse-tête est maintenant terminé. Je sais avec certitude lequel d'entre vous a assassiné le chef de police. Quant à moi, je vous tiens tous les trois également responsables de ce meurtre même si un seul homme sera pendu. Même s'ils éclairent en quelque sorte et expliquent votre geste, vos motifs sont sans valeur dans les circonstances. Un meurtre est un meurtre et c'est la justice qui doit l'emporter. Vous voyez ce bouton ?

L'inspecteur ouvrit la main et leur montra un bouton à quatre trous en nacre de perle.

— Mes hommes l'ont découvert sur les lieux du crime. Il était tombé dans le sable, juste en dessous du cadavre. Entre nous, j'avais demandé à mon équipe de couler le sable de la ruelle à travers une passoire très fine. Puis j'en ai envoyé quelques-uns fouiller chacune de vos maisons. C'est ainsi que nous avons pu mettre la main sur la chemise d'où provenait ce bouton. Il y en avait deux qui manquaient et l'un d'eux a été retrouvé sur les lieux du crime. De plus, des morceaux de fil correspondant à celui qui retenait les boutons ont été extirpés de sous les ongles du cadavre. Comme vous voyez, la preuve est accablante.

L'inspecteur fit une courte pause, puis il enchaîna :

— En conséquence, je vous accuse, vous, Ricardo Curazon, du meurtre du chef de police. J'ai la ferme intention de voir à ce que vous receviez un châtiment exemplaire. Vous serez pendu jusqu'à ce que mort s'ensuive!

Hector Rivera et Ernesto Morales, à leur grand dépit, furent libérés. Ils passèrent des journées entières à recevoir leurs amis. Ils s'entêtaient à les assurer qu'ils n'étaient pour rien dans la condamnation de Ricardo Curazon. Ils avaient fait tout ce qu'ils avaient pu. C'était la fatalité. Tout cela n'effaçait pas cependant le sentiment horrible qu'ils éprouvaient à la pensée que l'un d'eux seulement allait payer pour les décisions qu'ils avaient toujours prises à trois.

Le tout dernier développement dans cet extraordinaire enchaînement de coups de théâtre eut lieu deux jours seulement avant que le juge chargé d'entendre la preuve contre Ricardo Curazon ne quitte la capitale.

Il était midi quinze lorsque l'inspecteur se présenta à la cellule du condamné. Comme d'habitude à cette heure-là, Ricardo Curazon était en train de manger sa portion de fèves noires frites, préparée la veille par la femme de l'adjoint au chef de police. L'inspecteur tendit au prisonnier une lettre qu'il avait reçue le matin même. Voici ce que la lettre disait :

Monsieur l'inspecteur,

Lorsque vous recevrez cette lettre, j'aurai traversé la frontière. Jamais vous ne me retrouverez.

Cette lettre vous sera d'un grand secours dans votre enquête sur le meurtre du chef de police. Car j'étais là quand il est mort.

J'attendais l'arrivée du chef de police ce soir-là, caché dans une entrée juste en face de sa maison. J'avais l'intention de l'assassiner, de voir à ce que justice soit faite.

Le sable dans la rue atténua le bruit de ses pas alors qu'il se rapprochait. Lorsque je me suis enfin rendu compte qu'il était là, de l'autre côté de la rue, c'était déjà trop tard. Un homme costaud est brusquement sorti de l'ombre et, en moins d'une seconde, il fut derrière le chef de police.

Grâce à la pleine lune, j'ai reconnu Ricardo Curazon qui passait une corde autour du cou de cet homme corrompu et qui la serrait très fort pour l'étrangler.

Évidemment, le chef de police s'est débattu. Il tira aussi fort qu'il put sur la chemise de Ricardo Curazon mais il finit pourtant par perdre connaissance. Ricardo Curazon s'est enfui en courant, laissant la corde autour du cou du chef.

Soixante secondes plus tard environ, le chef de police revint à lui. J'étais toujours dans l'entrée, observant la scène. Je me précipitai donc sur lui avant qu'il ne puisse se relever et serrai la corde autour de son cou jusqu'à ce qu'il en meure. C'est moi qui ai assassiné le chef de police.

J'ai arraché ceci d'une de ses mains.

Cousu au papier sur lequel la lettre avait été écrite se trouvait un bouton en nacre de perle, identique à celui que l'inspecteur avait eu en sa possession.

La lettre, qui fait maintenant partie du dossier remis au ministre, se terminait ainsi:

Respectueusement vôtre,

Gerardo Ramirez

L'ARCHE DE NOÉ

LE PREMIER JANVIER 1981, JENNIFER McGrath et Robert Beavis ont disparu. Comme ça. Sans laisser de traces. Sans laisser quoi que ce soit pouvant suggérer au moins l'ombre d'une explication.

Le premier janvier 1986, cinq ans exactement après leur disparition, ils sont retournés sur les lieux mêmes d'où ils avaient disparu. Robert dans le bâtiment des pompes à la laiterie de son père. Il versait un seau de lait dans la chambre froide. Jennifer dans la cuisine chez ses parents. Elle préparait un gin et tonic pour sa tante venue d'Halifax afin de passer le Jour de l'An en famille.

Ils n'avaient pas changé durant leur absence. Physiquement, ils n'avaient pas vieilli. Ils n'avaient ni engraissé ni maigri et n'avaient pas grandi non plus. Ils étaient habillés exactement comme au jour de leur disparition, jusqu'à l'épingle de sûreté qui retenait une bretelle du jupon de Jennifer.

Même s'ils avaient toujours vécu à plusieurs milliers de kilomètres l'un de l'autre et que l'un n'eût jamais été au courant de l'existence de l'autre avant cet événement mystérieux, ils en ont fait, de part et d'autre, le même récit étrange.

Voici comment les choses se sont passées.

* * *

Une impression d'étourdissement s'empara d'eux; ils furent tout à coup pris de vertige et ne purent s'empêcher de ricaner. Puis tout devint noir, complètement et totalement noir.

Pendant un certain temps, il ne se passa rien. Puis une lumière blanche et très brillante — comme un flash géant — déchira soudainement le noir. Bientôt il y eut des éclairs partout, en bas, en haut, partout. Des milliers, des centaines de milliers peut-être, nul n'aurait pu dire combien exactement. C'était comme s'ils avaient été enfermés à l'intérieur d'un diamant superbe qu'on aurait fait tournoyer sous les rayons du soleil. Cela les faisait rire. Cela les faisait pleurer aussi. C'était tellement beau, tellement spectaculaire!

Brusquement, les éclairs de cristal s'éteignirent. Debout devant eux et comme suspendu lui aussi — du moins c'est comme cela qu'ils le percevaient — se tenait un homme aux cheveux gris et au dos légèrement voûté. Il était lumineux, comme s'il avait été éclairé de l'intérieur. Car, même si on pouvait le voir parfaitement, lui, l'espace autour était resté d'un noir profond, d'un noir sans fond. L'homme portait un veston de tweed, qui n'était certainement pas neuf à en juger par l'usure des coudes, et un nœud papillon à pois verts. La canne qu'il avait accrochée à son bras achevait de lui donner un air de bon grand-père ou encore de professeur un peu distrait.

Il leur parla en ces termes:

— Comment allez-vous? Cela me fait grand plaisir de faire votre rencontre. C'est moi qui serai votre hôte ici.

En prononçant les derniers mots, il montra l'espace autour de lui avec sa canne.

— Mais, je vous demande pardon! Quel manque de savoir-faire! Vous ne vous connaissez même pas encore. Jennifer, je te présente Robert. Robert, voici Jennifer.

À la mention de leur prénom, chacun s'éclaira à tour de rôle, comme de l'intérieur, à la façon de leur hôte. Aucun des trois ne laissait échapper de lumière, cependant. Rien d'autre qu'eux n'était visible dans la noirceur qui les entourait.

— Il faut que tous les deux vous deveniez des amis.

À ce moment-ci, leur hôte plongea la main dans la poche de son pantalon et en sortit un mouchoir blanc. Il se moucha et replia soigneusement le mouchoir. Puis, après l'avoir glissé dans sa poche, il continua:

— Je ne m'attends pas que vous puissiez comprendre comment vous êtes arrivés jusqu'ici. Je n'essaierai donc pas de vous l'expliquer. Disons simplement que vous avez pénétré

— comment dire? — dans une autre dimension. Tout ceci deviendra très réel pour vous avec le temps. Évidemment, je ferai tout ce qui est en mon pouvoir pour rendre votre séjour ici aussi confortable, aussi normal que possible. Nous avons fait des recherches très poussées avant de vous emmener ici. Rien n'a été négligé, croyez-moi. Votre espèce m'est tout à fait familière maintenant. Est-ce que je n'ai pas bien réussi à entrer dans la peau de mon personnage?

Leur hôte ouvrit les bras et fit lentement un tour complet. La canne oscillait doucement sur son bras.

— Je fais cela pour tous mes invités. Ils s'adaptent beaucoup plus rapidement lorsqu'ils sont reçus par l'un des leurs. À vrai dire, j'ai eu beaucoup de plaisir à prendre une forme humaine, c'était un sérieux défi! Ceci, autour de vous, c'est — je vais essayer de m'exprimer d'une façon que vous comprendrez j'espère — c'est l'Arche de Noé.

Il semblait fier de lui.

— Oui, c'est cela! Représentez-vous ceci comme l'Arche de Noé! Ici même, nous rassemblons des spécimens d'espèces venant de toute la galaxie et dont la survie même nous semble menacée dans un avenir immédiat. Peu importe, donc, ce qui arrivera à votre Terre, la race humaine, elle, survivra. Ici même, dans l'Arche de Noé. Tiens, pourquoi ne m'appelleriez-vous pas oncle Noé? J'aimerais bien cela, dit-il en ricanant. Venez, suivez-moi.

Oncle Noé se retourna et se mit à marcher dans le noir en s'éloignant d'eux. Ils ne le suivirent pas tout de suite. Il dut se retourner et les inviter à le suivre en faisant un geste d'encouragement avec sa canne:

— Venez. N'ayez pas peur. Je veux vous montrer quelque chose.

Robert et Jennifer s'avancèrent timidement. Puis, tout en marchant, lentement bien sûr à cause de l'oncle Noé, ils prirent de l'assurance. Ils marchèrent ainsi dans le néant tout noir pendant un certain temps, sans parler; tantôt ils montaient ou descendaient une pente douce, tantôt ils faisaient un virage brusque.

— Ah! nous y voici enfin, dit oncle Noé essoufflé. Je commençais à être fatigué. J'aurais peut-être dû me transformer en un humain beaucoup plus jeune.

Il vira à gauche puis il s'engagea sur une pente vers la maison en bois blanc qui apparut tout à coup comme par magie. Les persiennes étaient peintes en vert et une chaise jaune se berçait sur la véranda.

— Alors, qu'est-ce que vous en dites? C'est ici que vous habiterez à partir de maintenant. Bien sûr, vous ne sentirez pas le passage du temps. Cette notion de temps n'existe pas ici.

Oncle Noé monta deux marches et alla s'asseoir dans la chaise berçante. Lors des visites périodiques qu'il viendrait leur rendre, il allait toujours s'asseoir à la même place, dans cette chaise berçante. Robert et Jennifer s'installeraient, eux, dans les marches, comme ils l'avaient fait en cette première occasion.

Fidèle à sa parole, oncle Noé fit tout ce qu'il pouvait pour que les jeunes gens soient à l'aise. Lorsque Robert se fâchait, ou lorsque Jennifer pleurait, oncle Noé les écoutait attentivement. Avec une infinie patience, il les aidait à traverser leur épreuve. C'était bien regrettable, disait-il, mais il ne pouvait pas les renvoyer sur la Terre; il fallait qu'ils en viennent à accepter leur situation. Le vieillard les prenait dans ses bras et les consolait tant bien que mal, essayant de remplacer auprès d'eux et le père et la mère.

À chacune de ses visites, oncle Noé leur demandait:

— Bon, qu'est-ce qui ferait vraiment votre bonheur, hum?

Puis, quelque temps après son départ, comme par hasard, Robert et Jennifer trouvaient ce qu'ils avaient demandé.

Ainsi, petit à petit, ils se bâtirent une nouvelle vie. Ils demandèrent à l'oncle Noé une grande cour remplie d'arbres et de fleurs. Ils demandèrent des livres. Et des revues. Ils lui demandèrent une piscine. Et ainsi de suite. Parfois ils oubliaient, tellement complet était le petit monde qui entourait leur maison de bois blanc, qu'ils n'étaient pas vraiment sur la Terre. Ils oubliaient cette autre vie qu'ils avaient eue là-bas. Mais, fatalement, le souvenir de leurs familles et de leurs amis finissait toujours par refaire surface et cela les rendait tristes.

Ce n'est pas qu'ils n'aient pas eu d'amis dans l'Arche. Oncle Noé avait été très consciencieux en effet : il avait rassemblé un groupe de volontaires qui avaient pris diverses formes humaines. Tout naturellement, Robert et Jennifer formèrent avec eux des liens privilégiés. C'était «les» amis par excellence, des amis aussi parfaits qu'ils auraient jamais pu les imaginer.

Avec le temps, la liste qu'ils dressaient en prévision de chacune des visites de l'oncle Noé devint de plus en plus complexe. Même si cela exigeait de lui beaucoup de travail, beaucoup de recherche, et toutes sortes d'autorisations à demander, il finissait toujours par obtenir pour Robert et Jennifer tout ce qu'ils lui demandaient. Par exemple, une Kawasaki 1000 cc pour Robert et un cheval noisette, un étalon de race s'il vous plaît, pour Jennifer qui ne se lassait pas de le monter au grand galop.

Oncle Noé, quant à lui, nota avec quel succès il avait, systématiquement, amené ses invités à s'adapter. Ils parlaient de moins en moins souvent de leur vie antérieure sur la Terre. Ils se consacraient de plus en plus à façonner leur monde dans l'Arche, avec la complicité de Noé lui-même et selon leurs désirs à eux.

Il a bien dû leur refuser une demande ou deux. Il n'avait pas pu, entre autres, pour des raisons qu'il ne se donna pas la peine d'expliquer, leur livrer une maison encore plus grande. Et ce, malgré la crise de nerfs que Robert lui avait faite.

Lors de sa cinquante-neuvième visite, après avoir étudié la liste préparée par Robert et Jennifer et après avoir bu la bonne limonade fraîche que la domestique leur avait servie sur la véranda, oncle Noé fit signe à Jennifer de venir s'asseoir à côté de lui. Pendant qu'il se berçait tranquillement, il posa une main sur l'épaule de Jennifer.

— Tu es heureuse ici Jennifer, n'est-ce pas?

— Oui, je pense. Je n'y ai pas tellement réfléchi pour dire vrai. Pourquoi me demandes-tu ça, oncle Noé?

— Bien, tu te souviens de ton arrivée? Tu pleurais souvent et tu voulais absolument retourner sur la Terre. Tu ne m'en parles plus jamais maintenant... alors je me demandais...

— C'est parce que tu as tellement bien réussi à nous installer, oncle Noé. Tu sais, je ne pense pas que je pourrais retourner là-bas maintenant. Tu comprends, j'ai tout ce que je désire ici même...

Oncle Noé se pencha dans sa chaise.

— Et toi, Robert? Est-ce que tu penses la même chose?

— À quoi voudrais-tu que je retourne, oncle Noé? À la ferme et à la laiterie?! Pourquoi est-ce que je voudrais faire ça? Tu disais que nous devions nous refaire une vie ici, non? Eh bien, c'est exactement ce que nous avons fait. Moi aussi, je suis très heureux ici.

Oncle Noé se leva. Il y avait un grand sourire sur son visage. Il passa une main dans les cheveux pâles de Robert.

— Oui, c'est exact. Vous avez fait tout ce que je vous ai demandé. Tout s'est passé comme je l'ai voulu.

La prochaine fois qu'ils aperçurent oncle Noé, ce dernier montait l'allée bordée de palmiers qui menait à l'entrée principale de leur maison. Robert et Jennifer coururent vers lui. Il les embrassa l'un après l'autre. Puis, il leur dit:

— J'ai des excuses à vous faire à tous les deux. J'espère que vous me pardonnerez mes erreurs. Il paraît que je n'ai pas bien mené mes recherches...

Il transporta sa canne du bras gauche au bras droit.

Robert et Jennifer se regardèrent. D'après eux, il n'avait pas fait la moindre erreur. La grande maison que Robert avait voulue était maintenant chose du passé. Jennifer, elle, ne songeait plus à changer son apparence. De toute façon, il ne s'agissait pas là d'erreurs à proprement parler.

— Qu'est-ce que tu veux dire, oncle Noé?

— Vous ne vous rendez pas compte? Tout ceci n'est qu'une illusion. Il n'y a rien de vrai ici. Ce n'est pas la Terre.

Oncle Noé trancha dans l'air avec son bras, en pointant du doigt. Il y eut un éclair de lumière. Puis tout disparut. Tout était redevenu noirceur. Tout, excepté Noé, Robert et Jennifer.

— Vous en êtes arrivés à pouvoir vivre heureux dans un monde qui n'est pas le vôtre. Vous avez oublié la Terre, votre Terre. Vous n'êtes plus... comment dirais-je... vous n'êtes plus tout à fait humains. Donc, vous n'êtes plus des spécimens représentatifs de votre espèce. Je regrette d'avoir à vous l'annoncer, mais vous devrez être remplacés. J'espère que vous garderez malgré tout un bon souvenir de votre oncle Noé. Pour ma part, j'ai beaucoup aimé l'expérience. Maintenant, il faut nous dire adieu.

Oncle Noé s'effaça lentement dans le noir.

Tout à coup, Robert sentit un grand poids au bout de son bras. Il baissa la tête et vit qu'il était en train de renverser le seau qu'il tenait à la main. Lorsqu'il redressa la tête, il reconnut tout de suite le bâtiment des pompes dans la laiterie de son père.

L'ANNEAU
DU GUÉPARD

«LE GUÉPARD». TANYA ROSTRO-povich esquissa un sourire. «Le Guépard»: son oreille en aimait par dessus tout la résonance exotique. Elle ne savait pas encore pourtant que ce nom de Guépard la suivrait tout au long de sa carrière d'agent secret.

De toutes les recrues ayant réussi à terminer leur entraînement en espionnage international à l'Institut pour la Sécurité nationale (I.S.N.), Tanya Rostropovich était la plus jeune. Seize ans seulement. Calme devant les pressions de toutes sortes. Désinvolte, insensible même, disaient certains. Un esprit analytique aussi aiguisé qu'une lame de rasoir. Vive. Forte. Et belle!

Ses cheveux roux et ses yeux d'un vert aussi intense que celui de l'émeraude: voilà ce qui frappait d'abord ceux qui la rencontraient. Mais l'essence de sa beauté si particulière était ail-leurs. Elle résidait plutôt dans sa démarche, dans son maintien. Car elle était fière, Tanya Rostro-povich. Elle était élégante aussi, avec juste ce qu'il faut de délicatesse et de finesse. Oui, elle faisait penser à une chatte.

Le directeur de l'Institut pour la Sécurité nationale l'avait lui-même un jour surnommée Le Guépard. C'était à l'occasion de l'Opération Berlin, la toute première mission secrète de Tanya Rostropovich.

* * *

— Il s'agit d'une mission très dangereuse, Tanya. Les Allemands savent que nous sommes sur le point d'intervenir. Ils vont nous surveiller de très, très près.

Le directeur s'arrêta un moment pour se tourner vers la fenêtre.

Tanya, toute raide, était assise sur le bord de sa chaise, absorbée complètement par les détails de sa première épreuve. C'était l'Anneau qu'elle convoitait et voici qu'on lui donnait enfin sa première, sa seule chance de l'obtenir.

L'Anneau. Rien ne comptait plus que cela à l'Institut. On n'accordait le privilège de le porter qu'à ceux qui avaient fait leurs preuves lors de missions secrètes et dangereuses. C'était un simple anneau en or avec les initiales I.S.N. gravées à l'intérieur. Jamais on ne le portait pendant les opérations, naturellement, mais à l'Institut, il voulait tout dire. L'Anneau signifiait aux yeux des autres qu'on faisait partie de l'élite. Si on en avait un, on était quelqu'un. Si on n'en avait pas, on n'était rien. Cet Anneau-là, Tanya le désirait plus que tout au monde.

Il serait à elle à son retour de l'Opération Berlin, si elle en revenait, bien entendu. Car Tanya était bien décidée à mourir plutôt que d'échouer. Si elle ne réussissait pas dans sa mission, aucune autre chance ne lui serait jamais offerte. Jamais on ne lui confierait une autre mission. Alors, dans ce cas-là, pour elle, pas d'Anneau.

Le directeur se racla un peu la gorge avant de reprendre son discours.

— Un de nos contacts à Berlin a été porté disparu. Nous sommes presque certains qu'il est passé aux aveux. Heureusement, il ne savait pas grand-chose...

— Cette boîte dont vous parliez, est-ce qu'elle sera facile à cacher?

La voix de Tanya ne trahissait aucune émotion. Si le directeur voulait vérifier l'état de ses nerfs en lui parlant de danger, il pouvait repasser. Tanya ne montrait aucun signe de peur parce que pour elle la peur n'existait pas, tout simplement.

— De la dimension d'une boîte à pilules... un peu plus grosse que je ne l'aurais voulu, mais c'est ce que nous avons pu faire de mieux dans les circonstances. Surtout, ne l'ouvre pas. Pour le moment, il est préférable que tu ne saches pas ce qu'elle contient. Moins tu en sauras, mieux ce sera pour toi. Le savoir est dangereux quand on exerce un métier comme le nôtre.

Dans le train qui l'emmenait en Pologne, Tanya repassa mentalement chacun des détails de l'Opération Berlin. C'était à Poznan même, à cent cinquante kilomètres environ de la frontière Allemagne-Pologne, que l'opération serait mise en marche. Tout allait commencer dès que Tanya descendrait du train. À partir de ce moment-là, elle n'aurait plus une minute à elle.

Elle avait déjà revêtu le costume exigé par son rôle: aucun maquillage, robe ample dissimulant tout à fait ses seins trop bien développés. On lui aurait donné treize ans au plus. Qui pourrait la soupçonner de comploter quoi que ce soit?

Après s'être immobilisé dans la gare de Poznan, le train lâcha un peu de vapeur, puis un long chuintement. Tanya se fraya un chemin parmi la foule jusqu'à l'immense tableau annonçant les départs et les arrivées.

— Excusez-moi, de quelle plate-forme part le train pour Berlin?

Tanya attendit que la femme en robe à fleurs lui réponde.

— On m'a dit qu'il a beaucoup plu à Berlin cet été.

— Oui, ça a été excellent pour les potagers.

Tanya avait répété la phrase apprise par cœur. Son contact lui souriait, comme sur la photo que Tanya avait gravée dans sa mémoire. C'était Whilhelmina. Du moins c'était comme cela qu'elle devait l'appeler. Whilhelmina lui servirait de couverture. Quoi de plus naturel, en effet, qu'une vieille dame riche qui gâte sa petite-fille en lui offrant des vacances estivales?

Le conducteur de l'Express Berlin-Poznan les escorta jusqu'à leur compartiment de première classe.

— Veuillez préparer vos passeports, s'il vous plaît, Madame. Nous passerons la frontière dans trois heures environ. Entre-temps, faites-le-moi savoir si vous avez besoin de quelque chose.

Au moment où il allait sortir du compartiment, Whilhelmina lui dit:

— Oh! conducteur, nous apporteriez-vous un thermos d'eau glacée? La chaleur est insupportable... et ma petite-fille fait de l'asthme, la pauvre enfant.

Whilhelmina enleva son chapeau après avoir retiré l'épingle qui le retenait à ses cheveux gris.

— Ça va être beaucoup plus frais une fois que le train sera en marche, Madame. Vous verrez, ça sera beaucoup mieux.

S'adressant à Tanya, il ajouta:

— C'est votre premier voyage à l'étranger, jeune demoiselle?

Tanya lui sourit d'un air timide et hocha la tête sans dire un mot.

— Bon, mettez-vous à votre aise. Vous aurez le compartiment pour vous toutes seules. Je vais revenir avec de l'eau glacée aussitôt que nous aurons quitté la gare.

Le conducteur ferma la porte derrière lui.

Tanya et Whilhelmina s'installèrent aussitôt pour travailler. Pour qui les aurait observées en passant, elles présentaient l'image de voyageuses se remémorant avec enthousiasme les péripéties de leur voyage. Pour Tanya et Whilhelmina cependant, il s'agissait d'une séance intensive de travail. C'était le seul temps dont elles disposeraient pour mettre au point les personnages et les situations qu'elles avaient étudiées chacune de son côté, pour s'habituer l'une à l'autre, pour vérifier certains détails, pour établir, en quelque sorte, les bases de leurs rapports.

La nuit était tombée et les lumières du compartiment avaient été mises en veilleuse bien avant d'arriver à la frontière allemande. Soudain, la porte s'ouvrit.

— Puis-je voir vos passeports, s'il vous plaît?... Merci.

L'officier en uniforme de l'armée allemande se tenait en travers de la porte qui donnait accès au corridor. De l'autre côté, Tanya pouvait apercevoir ses adjoints, carabines automatiques en bandoulière.

— Je vois que vous avez passé deux semaines hors de l'Allemagne?

— Oui, treize jours pour être exacte. Nous les avons passés à la station thermale de Rogozno... ma petite-fille fait des crises d'asthme. J'ai pensé que cela pourrait lui faire du bien...

Katia chérie, arrête de jouer comme ça avec ta robe, elle va être toute froissée!

Whilhelmina regarda le contrôleur, la tête légèrement inclinée.

— Rogozno...

L'officier examinait les passeports par dessus ses lunettes à monture de métal.

— Il m'arrive moi-même d'aller à Rogozno occasionnellement.

Il joignit les mains derrière son dos, serrant les passeports entre ses doigts.

— Vous devez conaître Eva Presniac, Katia? Elle est responsable des traitements aux herbes... Vous vous souvenez d'Eva Presniac... hum?

Tanya ne savait pas quoi lui dire. C'était peut-être un piège. Eva Presniac pouvait exister... comme elle pouvait avoir été inventée à l'instant par l'officier allemand. Elle jeta un coup d'œil furtif vers Whilhelmina, assise en face. Cette dernière souriait, la tête légèrement penchée de côté, parfaite image de la bonne grand-mère.

— Katia chérie, Monsieur l'officier t'a posé une question... Elle est tellement timide, vous savez. Personnellement, je pense que ses parents la couvent un peu trop. Je ne pense pas...

Tanya avait eu la présence d'esprit de contracter son tube respiratoire. Déjà elle suffoquait, émettant des halètements secs chaque fois qu'elle tentait d'aspirer de l'air.

— Katia, ma chérie, qu'est-ce que tu as?

Tanya était pliée en deux. Elle respirait maintenant avec grande difficulté. Chaque inspiration exigeait d'elle un effort considérable. Son visage s'empourpra et ses yeux se remplirent d'eau.

— Elle fait une crise d'asthme, la pauvre chérie. Ça doit être la chaleur...

Whilhelmina fouilla dans son sac à main et en sortit un mouchoir et une petite bouteille. Elle versa quelques gouttes du liquide sur le mouchoir et l'offrit à Tanya.

— Respire ceci, ma chérie, ça va t'aider... Excusez-nous, Monsieur l'officier... Y a-t-il autre chose?

— Non. Pardonnez le dérangement.

Il se retourna pour partir.

— Oh, j'allais oublier.

Il rendit les deux faux passeports à Whilhelmina et porta la main à sa casquette avant de refermer la porte.

Le reste du trajet se passa dans le silence. Devant la gare centrale, à Berlin, Whilhelmina héla un taxi qui les emmena dans la nuit vers une maison clandestine.

L'I.S.N. possédait plusieurs maisons de ce genre en Allemagne. Les agents pouvaient toujours y trouver refuge. C'est là aussi qu'ils recevaient leurs instructions. Hormis le fait que leurs propriétaires étaient des agents de l'I.S.N., rien ne les distinguait des autres maisons bordant la rue.

Durant la journée, Fritz Gerber était architecte dans une grande société berlinoise. À la tombée du jour, il se transformait en agent secret. Il accueillit lui-même Tanya et Whilhelmina à la porte de sa maison et les conduisit jusqu'à leur chambre, au deuxième. C'était lui le responsable de l'Opération Berlin. Il avait lui-même mis au point chacun des détails et pris toutes les dispositions requises.

Le lendemain, Tanya émergea tout à fait rafraîchie d'un sommeil profond et calme. Elle allait se retrouver dans le feu de l'action! Son rêve, enfin, se réalisait.

Dans le train, ses réflexes avaient été impeccables: pas de panique, aucune peur face au danger. En une fraction de seconde, elle avait saisi la situation, analysé ses options, pris une décision, puis elle était passée aux actes. Le parfait agent, quoi!

Tanya alla rejoindre Fritz et Whilhelmina au sous-sol.

Dans cette chambre secrète, dissimulée derrière un faux mur, on avait installé le centre des activités pour tout le secteur. Fritz n'y gardait aucun document. Il avait mémorisé tous les codes et n'avait pas besoin de dictionnaires chiffrés. On y trouvait tout de même, le long d'un mur, des appareils destinés à la transmission des messages. Advenant le cas où Fritz serait démasqué par l'ennemi, ces appareils constitueraient la seule preuve, accablante et indéniable, de ses activités clandestines.

— C'est Le Guépard... pardonnez-moi, mais c'est le seul nom qu'on m'a donné... C'est Le Guépard, donc, qui passera prendre le paquet. Elle ira seule.

Fritz lécha ses lèvres.

— Vous, Whilhelmina, vous resterez ici. Nous n'aurons besoin de vous qu'à la phase finale de l'opération. C'est moi qui vous servirai de chauffeur, Guépard.

Fritz sortit de la poche de sa veste une carte des environs qu'il étala soigneusement sur la table.

— Voilà où vous ramasserez le paquet. Sur le terrain du monastère, là, dit-il en pointant du doigt sur la carte. Derrière l'édifice principal, il y a un étang de dix mètres sur cent environ. Il ne sert à rien en particulier, du moins plus maintenant. En face, il y a une espèce de pavillon où les moines se réunissent après le repas du soir. À part cela, l'endroit est déserté. Le pavillon s'ouvre sur l'étang. Posé sur le mur arrière, il y a un banc plutôt long. Vous trouverez le paquet au-dessus du cadre de la fenêtre, vers la droite... vers la droite lorsque vous faites face à l'étang, bien sûr. Vous pouvez l'atteindre en montant sur le banc, comme ceci.

Fritz étendit un bras en guise de démonstration. Puis il reprit:

— Moi, je serai ici... dans le stationnement de la fabrique de souliers. Je vous déposerai là et c'est là aussi que nous nous retrouverons quand vous aurez terminé. Je n'attendrai pas plus de quarante minutes. Nous arriverons au stationnement à minuit exactement. Nous nous y retrouverons, ou pas, quarante minutes plus tard.

Tanya calcula la distance entre les deux points que Fritz avait indiqués sur la carte. Ensuite, ses yeux suivirent les rues environnantes, cherchant une façon d'en graver l'arrangement dans sa tête.

— Avez-vous des questions?... Non?... Bien, dans ce cas, Guépard, étudiez bien cette carte. Mémorisez-la. Cet après-midi nous nous y rendrons en voiture, afin que vous puissiez vous faire une meilleure idée. Malheureusement, vous ne pourrez pas voir l'étang car le monastère en bloque la vue. Nous ne pouvons pas risquer de nous y faire voir. Venez, Whilhelmina, laissons Le Guépard seule un moment.

Fritz prit Whilhelmina par le bras et l'entraîna vers l'ouverture pratiquée dans le mur. Tanya entendit Whilhelmina qui montait à l'étage. Fritz, lui, s'attarda un peu derrière.

— ... je ne devrais peut-être pas vous dire cela, Guépard... il se pourrait qu'il y ait des problèmes. Un de nos contacts locaux a disparu. Il savait que nous utilisons cette cache à l'occasion. Mais je n'avais absolument pas le temps d'en trouver une autre...

— Ne vous en faites pas, Fritz, j'ai reçu une solide formation.

Tanya ne souriait pas, mais il y avait une certaine chaleur dans sa voix.

— J'ai sur moi une capsule de cyanure. Croyez-moi, je sais ce qu'il faut faire si je suis capturée. La mort ne me fait pas peur.

Fritz approuva d'un signe de la tête puis il fit glisser le panneau, laissant Tanya à son travail.

* * *

À minuit exactement, Tanya descendit de l'automobile et se dirigea vers le monastère.

Elle s'était transformée en jeune-femme-sortie-marcher-un-peu-avant-de-se-retirer-pour-la-nuit. Sur les épaules, pour se protéger de l'air frais, elle portait un chandail de laine. Il était noir, comme l'était le reste de ses vêtements. Les bras croisés sur la poitrine, elle marchait, ni trop vite ni trop lentement. Elle avait posé la main droite sur le revolver caché sous son bras mais de façon que cela ne se voie pas, au cas où quelqu'un l'aurait observée.

Tanya passa l'entrée principale et pénétra dans la propriété des moines. Elle avait très bien reconnu toutes les rues qu'elle avait étudiées l'après-midi. À partir d'ici, cependant, elle ne pourrait se fier qu'à ce que Fritz lui avait dit. Elle contourna l'édifice principal, prenant bien soin de rester dans le noir afin d'éviter les rayons de la lumière qui brillait à l'entrée. Le reste du terrain, heureusement, était dans l'obscurité.

À l'arrière, Tanya aperçut l'étang. Il correspondait exactement à la description que Fritz lui en avait faite. La pleine lune donnait des reflets bleutés à la surface paisible de l'eau. Tanya ne pouvait pas encore voir le pavillon caché par la noirceur des arbres. Avec prudence, elle s'avança jusqu'au bout de l'étang, à petits pas, en restant collée à la rangée d'arbustes qui le bordaient sur toute sa longueur.

Le pavillon était bien là, juste au bout. À ce moment-là, Tanya n'était pas en mesure de réaliser jusqu'à quel point cet endroit devait être agréable pendant la journée. Elle monta sur le banc et balaya de sa main le cadre de la fenêtre. Il se trouvait bien là. On l'avait déposé tel que prévu. Après avoir pris possession du mystérieux paquet, une toute petite boîte, elle revint au sol. C'est alors qu'elle prit conscience de quelque chose, là, à droite.

Il n'y avait pas d'erreur. C'était évident d'après les reflets dans la fenêtre: un rayon de lune brillait sur du métal. Elle avait de la compagnie.

Rapidement, Tanya glissa la boîte dans sa poche et s'accroupit bien bas contre le mur. Un craquement de branchages l'avertit bientôt que son assaillant approchait.

Un bruit sourd! Sans attendre, Tanya bondit, allongeant un coup d'épaule entre les deux jambes de l'individu. Elle le frappa en plein dans l'aine. L'arme de l'adversaire partit et un éclair de feu jaillit du canon, puis, avec fracas, elle toucha le plancher du pavillon.

Dans un mouvement agile et rapide, Tanya dirigea son genou vers le visage de l'homme, maintenant replié sur lui-même, et lui asséna en même temps un solide coup de poing à la base du cou qui craqua instantanément.

«Ils ne travaillent jamais seuls, ces Allemands. Son complice est sûrement tout près derrière.»

Tanya, qui n'avait rien oublié de ses leçons, fit un calcul mental. Puis elle sortit le revolver de son étui, arma le chien et inspira trois fois.

Elle ne pouvait pas se permettre d'attendre que l'ennemi vienne à elle. Il fallait qu'elle le force à se montrer.

Se précipitant sur la pelouse inclinée qui menait jusqu'à l'étang, elle fit une série de cabrioles en criant «Aïïïïïïe!» Une fraction de seconde plus tard, la flamme s'échappant dans le noir du canon d'un revolver indiquait à Tanya la position du deuxième agent allemand.

Elle s'arrêta net au bas de la pente et braqua son regard sur la silhouette qui s'avançait vers elle à travers les buissons. Elle pressa la gâchette et la cible s'écrasa au sol en faisant un bruit sourd mais précis, roula un peu, puis s'arrêta à mi-pente, face contre terre.

Des voix confuses et agitées parvenaient du monastère. Des lampes s'allumaient au rez-de-chaussée. Vivement, Tanya replaça son arme dans l'étui et prit la fuite en direction du pavillon.

D'autres lampes s'allumaient, au deuxième étage cette fois.

Tanya fit un saut, s'accrocha au rebord du toit et se hissa dessus. D'un seul bond, elle enjamba les deux mètres qui séparaient le pavillon de l'épais mur de brique entourant le monastère. Sans s'arrêter, se propulsant à l'aide du pied sur lequel elle venait à peine d'atterrir, Tanya plongea de l'autre côté du mur. Elle se laissa rouler sous l'impulsion du contact avec le sol. On lui avait appris la façon exacte de tomber sans se blesser. En silence et avec beaucoup d'agilité, Tanya refit son chemin à travers les ruelles et les arrière-cours jusqu'à Fritz qui l'attendait dans son automobile. Il était minuit 39 lorsqu'elle le rejoignit. Déjà, le moteur était en marche.

* * *

Assise à la table de métal dans le sous-sol de la maison clandestine, Whilhelmina écoutait Tanya raconter son aventure. Tout de suite en rentrant, Fritz avait établi une communication d'urgence avec les quartiers généraux pour les mettre au courant. Code 3: opération modifiée en cours d'exécution.

Whilhelmina était chargée d'organiser leur fuite. Après une longue pause, elle prit la parole.

— Il est hors de question que nous rentrions en train. On pourrait nous remarquer ou nous reconnaître. Ça serait beaucoup trop risqué.

Elle jeta un coup d'œil à sa montre.

— Nous traverserons la frontière à Solokow, dans le nord. Je l'ai fait déjà, il y a très longtemps. Il faut que nous partions immédiatement.

Elle parlait avec autorité et calme.

— Fritz, vous allez nous y conduire et revenir ici tout de suite après. Nous nous occuperons du reste. Une fois rendues en Pologne, nous irons à l'ambassade de Varsovie. Là, ils verront à nous rapatrier.

Whilhelmina avait choisi Solokow parce que l'endroit était isolé. Dans ce poste solitaire on ne prendrait sans doute pas très au sérieux les avertissements prioritaires en provenance de Berlin. Du côté allemand, la garnison ne comptait pas plus qu'une douzaine de soldats; du côté polonais, deux sentinelles seulement étaient en devoir à la fois. En grande partie, c'étaient de simples fermiers qui, eux-mêmes, depuis des générations, traversaient la frontière en toute liberté pour échanger leurs produits dans les marchés d'un côté et de l'autre.

Là où la rivière rétrécissait, il y avait un pont. Les deux pays s'en servaient pour observer de près toute circulation qui se faisait sur cette frontière naturelle. Il s'agissait surtout de péniches transportant des marchandises jusqu'aux ports de la mer Baltique. L'ouverture plus ou moins récente de routes parallèles avait cependant réduit de beaucoup le nombre de barges qui empruntaient la rivière. D'un strict point de vue stratégique, l'importance de la frontière de Solokow avait donc diminué sensiblement.

Pendant la randonnée nocturne en direction du poste, Whilhelmina tentait de se rappeler certains détails comme, par exemple, l'emplacement des édifices, la largeur du pont, la route d'accès, et ainsi de suite. Toutes espèces de détails qui pourraient les aider à improviser tout à l'heure un plan d'action.

Elles avaient quitté la route principale, trente-cinq minutes auparavant, pour emprunter un chemin de gravier. Elles n'avaient encore croisé aucun véhicule. Enfin, Whilhelmina fit signe à Fritz de s'arrêter en tapant doucement sur son bras.

— Nous y sommes, Fritz. J'en suis certaine. Éteignez les phares et arrêtez-vous au bord du chemin.

Elle se tourna vers Tanya, assise sur le siège arrière.

— Vous voyez ces lumières de l'autre côté du champ, Guépard? C'est le pont. C'est là que nous allons traverser. Le dortoir des gardes se trouve à l'ouest, à quelques centaines de mètres peut-être.

Sous l'éclairage providentiel de la pleine lune, elle consulta sa montre.

— Tous, sauf deux, seront en train de dormir à cette heure-ci. Le changement de la garde se fera dans une heure. Il faudra attendre jusque là.

Whilhelmina se couvrit la tête d'une tuque de laine noire. Elle examina son revolver, faisant faire deux tours aux cartouches avant d'ouvrir la portière de l'automobile.

— Venez, Guépard, allons-y!

Pendant qu'elles traversaient le champ, Tanya entendit le moteur de l'automobile de Fritz qui rugissait un peu avant de reprendre la direction de Berlin.

Elles s'arrêtèrent à cinquante mètres derrière le dortoir et là, elles attendirent patiemment. La porte de l'entrée principale s'ouvrit puis se referma, et on n'entendit plus que le chant des grillons. Un bout de fil de métal entre les dents, Whilhelmina et Tanya rampèrent jusqu'à trois mètres de la motocyclette stationnée à côté de l'édifice. Elles s'allongèrent un moment sur le sol en retenant leur souffle.

Deux soldats allemands apparurent soudainement au coin de l'édifice. Ils marchaient en silence. L'un d'eux enfourcha la motocyclette tandis que l'autre, après avoir allumé une cigarette, monta dans le side-car. Le chauffeur donna un bon coup de pied sur la pédale et la machine s'anima en toussotant un peu.

À ce moment-là exactement, les deux femmes sortirent de leur cachette.

Elles bondirent sur les soldats par derrière. Elles passèrent les fils autour de leurs cous en serrant juste ce qu'il faut, les étranglant et les empêchant en même temps de se débattre. Tel que prévu par Whilhelmina, le vrombissement du moteur couvrait les bruits de leur lutte. Le chauffeur s'affaissa bientôt sur le sol. Elles extirpèrent ensuite du side-car le corps flasque de l'autre soldat et écrasèrent sa cigarette à côté de lui.

Whilhelmina sortit le revolver de son étui en cuir et s'installa dans le side-car. Elle s'accroupit, très bas, vers l'arrière, et appuya son arme sur le haut du petit véhicule. Tanya fit tourner le moteur. Elles s'élanceraient plus tard à toute vitesse, comptant sur l'élément de surprise pour les faire passer sans trop de difficulté de l'autre côté de la frontière.

Tanya alluma les phares avant. Cela aurait pour effet d'aveugler quiconque les croiserait et de les camoufler, elles-mêmes, jusqu'à ce qu'elles aient dépassé le poste de garde à l'entrée du pont.

Elle passa en première vitesse et relâcha l'embrayage. Ensuite, elle ouvrit les gaz et fonça en accélérant: *20 km/h... 30 km/h... 40 km/h... 60 km/h... 80 km/h...* Elle se rapprochait de plus en plus rapidement... le pont se précisait maintenant... plus que cent cinquante mètres.

Soudain, elle tira sur les freins de toutes ses forces. Aussitôt les roues de la motocyclette se bloquèrent, faisant dessiner à la machine un arc de 180, puis de 360 degrés; après avoir dérapé un peu, la moto s'immobilisa en pointant dans la direction d'où elles étaient venues. Whilhelmina desserra son poing, puis se leva.

— Ah non! Le pont!

Les yeux écarquillés dans un effort pour bien absorber la situation, elle ajouta:

— Il est levé!

Une porte de métal s'ouvrit en grinçant et un soldat encore endormi sortit du poste de garde. Le pont était juste derrière lui.

Le pont avait été levé! C'était sans doute une mesure de sécurité additionnelle. Un vide de cinq mètres se dessinait en plein milieu des deux parties du pont qui s'élevaient graduellement à partir de leurs fondations de pierre ancrées dans chacune des rives. On aurait dit deux girafes au long cou s'observant l'une l'autre. Whilhelmina se pencha aussi loin que possible pour mieux voir le pont. Pour évaluer la situation et pour prendre une décision...

— Nous allons traverser, Guépard.

La voix rauque de Whilhelmina était toujours aussi sûre.

— Aussi vite que vous pouvez, sautez par dessus le vide. Foncez aussi vite que possible... Maintenant!

La réaction de Tanya fut instantanée. Elle embraya et ouvrit les gaz. La machine répondit tout de suite et projeta quelques cailloux dans les airs tandis qu'elle faisait demi-tour pour se diriger encore une fois vers le pont. À vingt mètres, Whilhelmina déchargea son arme. La sentinelle virevolta et s'abattit sur le sol, une main sur le cœur.

Tanya se coucha bien en avant sur la moto. Les balles qui fusaient de partout maintenant faisaient danser le gravier autour d'elle. Bientôt, elle atteignit la surface pavée, laissant le poste de garde de plus en plus loin derrière. Le moteur se plaignait tandis que les pistons faisaient accélérer la machine pour la propulser avec force sur la rampe inclinée.

Les vibrations du siège cessèrent soudainement, la moto s'éleva et fut emportée dans un mouvement gracieux au-dessus des eaux. Tanya se voyait en train de fendre l'air au ralenti, comme dans une poursuite de cinéma. La moto atteignit bientôt le sommet de l'arc et commença à redescendre. Tanya se sentit attirée vers le bas avec elle. L'asphalte, encore embrouillé du côté polonais de la frontière, se précipitait maintenant

dans leur direction. Tanya empoignait solidement la machine.

Les roues du side-car se posèrent en premier, entraînant la moto vers le garde-fou. Tanya
se débattit avec la roue avant et réussit sans trop
de peine à la redresser. Trop loin, cependant!
Elles descendaient la pente en zigzaguant. Il y
aurait un combat à finir entre la machine et
Tanya. Celle-ci ouvrit de nouveau les gaz et accé-
léra. Enfin, elle réussit à dompter la machine
récalcitrante.

Quittant le pont à toute vitesse, elles prirent
la fuite dans la nuit, puis elles bifurquèrent vers le
chemin qui les mènerait jusqu'au pied des montagnes, loin de la ville de Solokow.

Tanya refusa de se décontracter avant d'arriver à l'orée de la forêt, où elle stoppa la machine.
C'est à ce moment-là qu'elle aperçut une marque
bleue sur la tempe de Whilhelmina, à l'endroit où
la balle était entrée, et un filet de sang dans l'œil,
là où elle était sortie.

Tanya effleura d'un baiser le front de Whilhelmina et lui croisa les mains sur la poitrine.
C'était là toute l'affection qu'elle pouvait se permettre de lui témoigner. Elle rejoignit la route à
pied, laissant sa camarade morte dans la moto
qu'elle avait pris soin de bien camoufler.

Le ciel avait déjà perdu un peu de sa noirceur
lorsque Tanya laissa la route pour s'avancer à
travers champs, à la recherche d'une maison.
Elle en verrait sûrement une avant longtemps.

Elle trouva finalement ce dont elle avait besoin dans une cour arrière: des vêtements frais, étendus sur l'herbe où la rosée du matin les rendrait humides et faciles à repasser. Tanya prit ce qu'il lui fallait et retourna vers la forêt.

Whilhelmina avait eu raison. Avec une grande efficacité, l'ambassade de Varsovie s'occupa de tout. La petite boîte que Tanya avait récupérée à Berlin fut expédiée immédiatement aux quartiers généraux dans un sac protégé par l'immunité diplomatique. Un envoyé spécial, qui faisait la navette entre le *foreign office* et l'ambassadeur, s'en chargea. Munie d'une identité nouvelle, Tanya, elle, regagna sa base par chemin de fer.

* * *

Sept jours s'écoulèrent avant que le directeur de l'Institut ne l'envoie chercher. Entre-temps, deux équipes d'experts l'avaient interrogée. Les détails de ses déclarations avaient été notés, comparés et analysés. Son rapport était complet.

Le directeur alla droit au but.

— Ma chère Tanya, lorsque tu repenseras à cette mission dans quelques années, tu verras pourquoi elle était nécessaire. Peut-être que tout ceci te paraîtra un peu futile aujourd'hui, mais lorsque tu auras acquis de l'expérience, tu comprendras mieux. Félicitations, ta mission a été un succès total.

— Est-ce que j'ai le droit de savoir de quoi il s'agissait?

— Oui, oui, bien sûr. Justement, j'y arrivais. Grâce à toi, Guépard, nous connaissons maintenant l'ampleur de nos problèmes à Berlin. Les Allemands ont joué une carte et nous l'avons ramassée. Nous en savons donc un peu plus sur l'efficacité de leurs services de contre-espionnage. Cela n'était pas, cependant, le but premier de ta mission. C'était plutôt ceci.

Le directeur ouvrit un des tiroirs de son bureau en acajou et en retira la petite boîte que Tanya était allée récupérer au monastère de Berlin. Il la lui tendit.

— Elle est à toi. Tu as passé le dernier test.

Tanya ouvrit la boîte. Elle ne contenait rien d'autre qu'un simple anneau en or avec les initiales I.S.N. gravées à l'intérieur.

Même s'il n'en a jamais parlé à personne, le directeur était certain d'avoir vu à ce moment les yeux verts de Tanya s'allumer comme ceux d'un chat qu'on croise dans la nuit au bord d'un chemin.

PREMIER
RENDEZ-VOUS

Ce texte a été primé au Concours de nouvelles *Vidéo-Presse* 1986.

L'éditeur tient à remercier les Éditions Paulines de l'avoir autorisé à reproduire cette nouvelle dans ce recueil.

LES MOTS QUE RACHEL PRONONCE au téléphone n'ont rien à voir avec ce qu'elle ressent en dedans. Ab-so-lu-ment rien!

Au téléphone, elle dit des choses comme:

— Qu'est-ce que tu veux aller voir?... Ouais. Antonina l'a vu. Elle a trouvé ça pas mal bon... Quand? Vendredi?... Ouais, vendredi c'est possible, j'pense que j'ai rien de prévu encore. Mais il faudra que j'confirme avec La Police. Tu sais comment ils sont.

Sa voix, au téléphone, ne suggère pourtant toujours aucun emballement. On pourrait même croire qu'elle se fait les ongles pendant qu'elle parle. En dedans, cependant, ça bouillonne de YOUPPI! de WOW! de WABADABADOU!

— Ouais, c'est ça, Luc, salut. Ah! oui, pour ce qui est de vendredi, je t'en reparlerai.

Rachel ne bouge pas, car elle veut entendre le moindre petit bruit venant de lui, même celui que fait le récepteur lorsqu'il raccroche. Puis, un grand sourire, qui va d'une oreille percée à l'autre, s'immobilise sur son visage. Elle se sent un peu niaise tout à coup et tente, mais en vain, d'empêcher ce sourire élastique de lui ouvrir le visage.

Pour être bien sûre qu'il n'est vraiment plus là, Rachel attend quelques secondes encore après le déclic. Elle garde l'extrémité du récepteur dans sa main, lui fait dessiner de grands cercles et le fil du téléphone se met à friser et à danser. Les bracelets jaunes et verts qu'elle a piqués à sa mère s'échappent finalement de sa main pour aller se loger, en s'entrechoquant, au creux de la courbe dessinée par le fil.

Elle ne s'en aperçoit même pas, tellement la tête lui tourne. Elle a l'impression qu'elle vient de sauter dans l'eau glacée d'une piscine par une journée de grande chaleur...

Il faut qu'elle parle tout de suite à Antonina. Elle compose rapidement la suite de chiffres qu'elle connaît si bien et attend impatiemment que son amie lui réponde. Un coup... Deux coups... «Qu'est-ce que tu fais, Antonina?»... Trois coups... «Réponds avant que je perde connaissance!»... Quatre coups... Déclic!

Aussitôt la ligne décrochée, Rachel lâche ce long cri perçant qu'elles utilisent toutes les deux lorsqu'il n'y a pas de mots pour exprimer «l'extra-plus-que-super». Antonina comprendra tout de suite.

— Oh! Excusez-moi, madame Catelli. C'est que... Oui, j'sais qu'elle n'est pas la seule à habiter là. Vraiment, j'suis désolée... Non, j'le ferai

plus. Est-ce que je pourrais parler à Antonina, s'il
vous plaît?... C'est très, très important. Ça sera
pas long, je vous le promets.

Le ton que prend Antonina pour lui parler
fait comprendre à Rachel que madame Catelli se
tient juste à côté.

— Ra-chel! J't'ai déjà dit de ne pas crier
comme ça dans l'téléphone. Ma mère me tombe
dessus à chaque fois!

— Tu l'croiras jamais. Luc vient d'me télé-
phoner!

— Pas vrai! Juste une seconde...

Rachel entend à peine la voix étouffée de son
amie qui se plaint:

— Maman! Si ça t'fait rien, c'est une conver-
sation privée!

Quelques secondes de silence, puis:

— Ça va. Elle est partie. Raconte-moi donc
comment ça s'est passé.

— Bien, il m'a invitée à sortir. Au cinéma!
Vendredi. Extra-super, hein?

— C'est pas exactement la nouvelle de l'année. J'veux dire, ça fait des mois qu'tu complotes
pour attirer son attention. Si le Gouverneur
général décernait des médailles pour la drague, il
t'en aurait sûrement déjà donné une et en or avec
ça...

— Antonina!

— Je blaguais, Rachel. En as-tu parlé à La Police? Ils t'ont donné la permission?

— Non. J'vais leur dire au souper. Ça devrait bien aller.

— Je l'espère pour toi... Mais tu connais les mères. La mienne veut m'tuer chaque fois qu'je regarde un garçon. Et toi, c'est ta première sortie officielle...

— J'trouverai bien quelque chose.

— J'te fais confiance. Il faut que j'te laisse. Ma mère te fait dire de pas rappeler ce soir. On s'verra demain à l'école. Bonne chance!

Rachel se précipite vers sa chambre, oubliant les bracelets qui continuent leur danse sur le fil du téléphone.

Sa première vraie sortie! Elle l'a tellement désirée! Et puis, Mesdames et Messieurs, Filles et Garçons, c'est une sortie avec nul autre que Luc Katapodis!

Luc Katapodis, c'est sans l'ombre d'un doute le plus beau gars qu'elle a jamais vu au monde. Il faut absolument qu'elle l'ait pour elle, et elle toute seule.

Lorsqu'un jour Luc est arrivé à l'école avec une casquette des Expos plantée de travers sur le crâne, Rachel s'est mise à apprendre par cœur les noms des joueurs. Elle est même allée jusqu'à regarder tous les matches à la télé. À partir de ce moment, le base-ball est devenu, comme par magie, le plus fascinant de tous les passe-temps.

Lorsque Luc a commencé à s'habiller punk, Rachel en a fait autant. Même qu'on l'a élue «la punk la plus choquante de toute l'école».

Lorsque Luc s'assoit près d'elle à la cantine, elle feint cependant de l'ignorer. Elle s'embarque alors dans de longues conversations «privées» avec Antonina. Et, toutes les deux, elles rient juste un tout petit peu plus fort et juste un tout petit peu plus longtemps que d'habitude.

Voilà maintenant qu'elle va faire une sortie avec lui. Un seul obstacle à franchir : La Police!

Quand Rachel entre dans la cuisine, La Police est déjà attablée et en train de manger. Comme d'habitude, Fred a ce petit sourire en coin qui ne manque pas de l'exaspérer.

— Quoi de neuf, chaton?

Fred parle la bouche pleine et un grain de maïs s'en échappe pour aller atterrir tout droit dans l'assiette de Rachel.

Elle est dégoûtée. «Quel con!», se dit-elle. Sûrement, sa mère pourrait trouver beaucoup mieux que lui. Pourquoi ne pourraient-elles pas vivre seules toutes les deux, comme avant l'arrivée de Fred? Cela serait vraiment préférable, même si ça voudrait dire que sa mère retrouverait son humeur massacrante.

— Fred, arrête de l'appeler chaton. Tu sais bien qu'elle n'aime pas ça.

Sa mère passe à Rachel le bol rose et blanc.

— Tiens, prends un épi, mon chou.

Rachel se comporte avec eux de façon tout à fait normale, comme si rien d'extraordinaire ne s'était passé. Puis, juste comme elle sent que le bon moment est arrivé, elle annonce d'un air nonchalant :

— Maman, j'sors vendredi. Avec un gars. Rien de spécial. Y aura probablement toute une bande de jeunes.

Elle attend que sa mère réagisse. Mais, comme d'habitude, c'est Fred qui s'en charge.

— Sortir ? Avec un gars ? Tu veux rire ? C'est à peine si t'as le nombril sec !

Fred a toujours son p'tit sourire énervant. Rachel ne dit rien, mais elle sent le rouge lui monter au visage. Elle cuit.

— Où pensez-vous aller ?

— Au cinéma.

— Au cinéma ! Il fait noir là-d'dans. C'est bien avec un gars qu'tu veux sortir, hein ?

Il laisse tomber ces derniers mots sur un ton sarcastique. Rachel devient tellement enragée qu'elle a du mal à se contrôler.

— Fred blague, Rachel. Fais pas attention à lui.

— Non, j'blague pas !

— Tais-toi, Fred. Rachel, mon chou, c'est merveilleux. Ta première sortie. Mais, j'sais pas...

tu viens juste d'avoir treize ans. Tu trouves pas
que c'est un peu jeune?

— Maman! Toutes les filles de mon âge sortent avec les garçons. Y'a rien là.

— Pas Antonina.

— Antonina c'est pas pareil. Ses parents
sont tellement préhistoriques...

— Qui est-ce ce gars-là? Il a quel âge?

— Oh, c'est juste un gars. Il s'appelle Luc
Katapodis. J'pense qu'il doit avoir quinze ans.

— Katapodis... Katapodis..., répète Fred à
voix haute. C'est un nom grec, ça! Il paraît qu'ils
sont vite sur leurs patins, les Grecs!

Rachel sait bien qu'il cherche à la faire enra-
ger. Elle tente de l'ignorer du mieux qu'elle peut.

— Quinze ans. C'est pas mal plus vieux
qu'toi...

— Maman... t'oublies que t'as toi-même
quatre ans et demi de plus qu'Fred!

Voilà qui va donner du fil à retordre à sa
mère.

— ... C'est pas la même chose... j'suis une
adulte, moi...

— Chaton, si ça t'intéresse j'ai la solution à
ton problème, dit Fred, son éternel petit sourire
aux lèvres. Ta mère et moi, on pourrait vous
accompagner. De cette façon-là, elle aurait pas à
s'inquiéter...

— Vous joueriez aux chaperons, tu veux dire! crie Rachel, horrifiée. Tu veux rire?

— Mais non! C'est une bonne idée. On t'ferait pas honte, mon chou. Et puis, Fred pourrait nous amener dans son auto.

Décidément, l'idée fait son petit bonhomme de chemin.

— Ça serait comme une sortie à quatre. On aurait beaucoup de plaisir ensemble.

— Maman! Non!

— Rachel, j'veux pas entendre un mot de plus là-dessus. Ma décision est finale. Tu pourras aller au cinéma... à condition que Fred et moi, on y aille aussi. Ou alors, tu iras pas. Choisis.

Rachel l'a appris à ses frais : essayer de discuter avec sa mère une fois qu'elle a décidé quelque chose c'est comme essayer de faire tourner un paquebot sur lui-même.

— Vous ruinez toujours tout, vous autres!

Elle s'élance dans le couloir, tout en larmes, et fait claquer la porte de sa chambre avec une telle force que les murs en tremblent.

La nuit est un long supplice pour Rachel. Oui, elle va sortir vendredi... *Ils* vont tous sortir! Elle ne peut pas refuser. Si elle refuse, le beau Luc ne l'invitera plus jamais. Et même si par miracle il la ré-invitait, il faudrait encore une fois reprendre la même vieille discussion avec sa mère... Il est presque deux heures du matin lorsqu'elle décide enfin de quelle façon elle va s'y prendre pour désamorcer cette espèce de bombe à retardement que sa mère vient de lui poser là.

À l'école, le lendemain, Rachel aperçoit Luc qui fait la queue à la cantine. Elle attend qu'il se trouve en face de la distributrice de jus et s'approche de lui.

— Oh! Luc! Salut. Ça tombe bien. Justement, j'voulais t'dire, à propos d'vendredi, c'est d'accord.

Elle finit de remplir son propre verre et fait glisser de la monnaie en direction de la caissière.

Se retournant vers Luc, elle ajoute:

— Oh! juste une p'tite chose. Aurais-tu des objections à ce que j'invite ma mère et son ami à venir avec nous? À leur âge, tu sais, on sort pas souvent. Ça serait peut-être même amusant. Un peu, tiens! comme une sortie à quatre.

Rachel retient son souffle.

— Bien sûr, pourquoi pas? Comme je l'dis toujours: plus on est de fous plus on s'amuse!

Ah! comme les dents de Luc sont blanches quand il sourit!

— Super! C'est que j'aime pas beaucoup les laisser seuls le vendredi soir. Si tu passais nous chercher vers huit heures? On pourrait prendre l'auto de Fred — Fred, c'est l'ami de ma mère.

— C'est toi qui décides. Moi, je suis ton esclave. Fais d'moi tout c'que tu voudras. Mon patron devrait me laisser partir assez tôt. J'serai chez vous à huit heures pile!

Luc lui a dit cela sur un ton tellement enjôleur qu'elle sent ses orteils se retrousser dans ses souliers chinois.

— À vendredi.

Rachel s'éloigne — à vrai dire elle flotte — en jetant par dessus son épaule un dernier regard admiratif vers les beaux yeux bruns de Luc. Puis, PAF!, elle bute contre une table et son verre de jus d'orange se répand partout sur elle.

* * *

Vendredi après-midi, Rachel fait l'école buissonnière. Elle a des choses bien plus importantes à faire. Entre autres, il faut absolument qu'elle trouve une façon de masquer ce vilain bouton qui a fleuri hier sur son front. Cela veut dire rien de moins qu'une nouvelle coiffure!

Puis, il y a les vêtements à choisir. Qu'est-ce qu'elle va bien pouvoir porter? Si elle s'habille punk, cela amènera sûrement Fred à faire des remarques stupides sur sa tenue pendant toute la soirée. Il faut à tout prix éviter cela!

Après des dizaines d'essayages, elle opte finalement pour un look rétro: chaussettes blanches courtes, sandales à talons plats, jupe très ample avec beaucoup de crinolines (empruntées à Antonina), rouge à lèvres écarlate. «Pas mal», se dit-elle. Assez conservateur pour que sa mère et Fred ne soient pas choqués. Assez nouveau pour que Luc la trouve à la mode.

Enfin, elle est prête. Elle se sent aussi bien qu'elle en a l'air. C'est sa mère qui va être contente! Elle passe donc au salon en attendant l'arrivée de Luc. Ce qu'elle y trouve la fait presque s'évanouir.

Sa mère a l'air de s'être costumée pour un party d'Halloween! L'ensemble lui-même n'est pas si mal, seulement il est vraiment affreux sur sa mère! Elle est... punk! Chandail noir à rayures chartreuse, collants noirs, des tonnes de maquillage, une raie rose dans ses cheveux crêpés et bandeau, rose aussi, comme un chou sur un cadeau bien emballé. Rachel a à peine le temps de se faire à cette vision que sa mère s'écrie:

— Rachel! Où as-tu déniché ce costume?

Elle la regarde, hébétée.

— Je... j'pensais que tu t'habillerais punk... t'as l'air tellement... tellement ancienne. J'veux dire, t'es bien... mais...

— Moi, j'te trouve superbe, chaton, dit Fred en lui faisant un clin d'œil. Et qu'est-ce que tu penses de ta mère? Pas pire, hein? ajoute-t-il en pinçant une fesse noire qui se trouve juste à portée de sa main.

— Fred! fait la mère de Rachel en ricanant et en poussant un petit cri.

Heureusement, le bruit de la sonnette retentit juste à temps pour éviter à Rachel d'avoir à donner son avis.

— J'vais répondre. Ferme la télé! ordonne-t-elle à Fred.

Rachel se mord les lèvres. «Quel désastre!» se dit-elle. «Moi, habillée comme... comme ma mère. Ma mère transformée en baleine punk. Et puis Fred avec son p'tit sourire niaiseux!»

Elle passe la langue sur ses lèvres pour les faire luire un peu, puis elle ouvre la porte.

— Allô, Luc. Entre.

Et elle le pousse jusqu'au salon.

— Maman, j'te présente Luc. Luc, c'est...

— OOOh! la-la! la-la! T'en as choisi un beau, mon chou, dit la mère de Rachel en applaudissant bien fort.

Luc devient tout rouge. Rachel, elle, veut rentrer dix pieds sous terre.

— Luc, j'te présente Fred, ajoute la mère de Rachel en pointant du doigt derrière elle, sans pour autant détacher les yeux du jeune homme une fraction de seconde.

— Salut, Fred.

— Qu'est-ce qui t'a retardé? demande Fred en regardant sa montre. T'es en retard.

Rachel veut mourir une seconde fois.

— Euh... ah! oui? Quelle heure est-il?

— J'te taquinais, mon vieux, j'te taquinais. Mais il faudrait qu'on y aille.

Ils enfilent le corridor, parcourent le hall et s'entassent un à un dans l'ascenseur, Rachel en dernier.

— J'allais oublier, dit Fred, mon auto est au garage, il va falloir prendre l'autobus.

«Au moins, au cinéma c'est sombre, se dit Rachel. S'il faut qu'une copine de l'école prenne le même autobus, je vais en mourir!»

Tout comme Rachel l'avait prévu, l'autobus est violemment éclairé. Ce qui rend encore plus dur le maquillage de sa mère. Rachel attend que les deux vieux soient bien assis tout près de l'entrée, puis elle part comme une flèche vers le siège du fond. Elle serre ses crinolines contre elle pour permettre à Luc de passer. Elle s'assoit bien au centre, étend ses jambes dans l'allée, droit devant elle, et se laisse glisser le plus bas possible sur le siège. Comme ça, si, par malheur, des jeunes de l'école montent dans l'autobus, peut-être qu'ils ne la remarqueront pas.

— Ah! Luc, dit Rachel en se grattant un peu la gorge, à propos de Fred...

— Un vrai bouffon, hein?

Il s'esclaffe et se met à regarder dehors.

— Ouais. Bien, ce que je voulais dire c'est... je regrette...

Avant qu'elle ait le temps de terminer sa phrase, le chauffeur applique brusquement les freins. Rachel est aussitôt projetée en bas de son

siège et elle atterrit, brutalement, sur son derrière. Sous la pile des crinolines qui lui recouvrent maintenant la tête, elle serre contre son
cœur, sous la tente, son sac à main en paille.

— T'es-tu fait mal?

Luc l'aide à se relever.

— Non, ça va, j'pense.

Rachel est cramoisie, au bord des larmes.
Elle se tait jusqu'à ce qu'ils soient tous descendus
de l'autobus. Bien qu'elle n'ait pas osé le regarder
en face, elle est sûre que Luc a ri d'elle. C'est, et
de loin, la pire humiliation qu'elle ait eu à subir de
toute sa vie!

Quand ils sont arrivés au cinéma, elle prend
les devants et file directement vers le coin le plus
sombre de la salle. Ses crinolines frôlent les deux
rangées de sièges en faisant des bruits de feuilles
mortes. Puis, tout à coup, elles s'ouvrent au-
dessus des sièges, comme un parapluie.

— Rachel, dit Fred en s'esclaffant, t'as oublié
de mettre tes p'tites culottes!

— Fred, laisse-la donc tranquille.

Sa mère essaie tant bien que mal de prendre
la défense de Rachel mais, elle aussi, elle rit à
gorge déployée.

Enfin, le film commence. Rachel pense bien
qu'elle sera à l'abri de toute autre humiliation
pendant au moins les deux prochaines heures.
Plus tard, elle trouvera les mots qu'il faut pour

tout expliquer à Luc... À peine cinq minutes se sont écoulées que la pire chose que Rachel aurait pu imaginer dans le pire de ses cauchemars se produit!

Fred rit tellement fort en regardant le film qu'il a laissé échapper un pet bien sonore et bien odoriférant! À tel point que la dame de la rangée d'en avant doit changer de siège. Luc trouve cela drôle mais, dans son cœur, Rachel sait que s'il rit ce n'est que par politesse.

Pauvre Rachel! Son beau rêve est brisé en mille morceaux.

Le reste de la soirée se passe sans incident... du moins jusqu'à ce qu'ils se retrouvent tous les quatre devant la porte de l'appartement.

Fred et la mère de Rachel disent bonsoir à Luc et rentrent.

— Écoute, Luc. J'suis tellement gênée...

Elle lâche ces mots très vite, comme si elle avait peur qu'il prenne la fuite.

— J'comprendrai si tu veux plus jamais...

— J'me suis beaucoup amusé, Rachel.

— Tu... tu quoi? Mais, comment as-tu pu?!

— Ta mère est une chic fille... elle est un peu comme toi, tu sais. Quant à Fred, ben, j'en ris toujours un bon coup avec lui...

— Mais tu l'connais pas! C'est un vrai...

— Fred? Ça fait un an que j'le connais. C'est lui qui m'as donné mon emploi à temps partiel.

Pour tout dire, c'est lui qui m'a mis sur ta piste. Il m'a dit que t'avais beaucoup de tempérament, que j'devrais essayer de t'connaître.

— Fred? Celui qui se trouve là, dans l'appartement?

— Ouais, Fred! Il a même dit qu'il s'occuperait d'ta mère si elle se montrait trop couveuse, si tu vois ce que j'veux dire... J'suis bien content qu'on soit sortis comme ça.

Luc embrasse Rachel sur le front doucement, en mettant ses mains sur ses hanches. Puis, il entre dans l'ascenseur. En appuyant sur le bouton, il dit:

— Aimerais-tu recommencer un d'ces jours?

— Oh! Luc, t'as pas idée... lui répond Rachel pendant que les portes de l'ascenseur se referment sur ses crinolines.

LA CLOCHARDE

La RENCONTRE DE L'AIR CHAUD et de toute cette eau entourant l'île de Manhattan recouvre la ville d'une épaisse couverture de vapeur. Le moindre vêtement se soude à la peau. Une affreuse odeur de moisissure et de pourriture s'échappe des ordures accumulées derrière les restaurants malpropres et reste là, en suspension au-dessus des rues. Partout, l'air est complètement paralysé.

C'est New York au mois d'août.

La clocharde s'arrête au coin de la 12e Rue. Une des roues de son panier à emplettes vient de se coincer dans une fissure. Elle éponge la sueur de son front avec un morceau de la robe informe qui tombe mollement sur son corps. Puis elle compte ses sacs. Le panier à emplettes en est rempli à déborder. Elle doit même en porter deux qui n'ont pas trouvé place dans son panier.

Elle s'engage dans la 12e Rue, cinq ou six petits pas à la fois. L'énorme masse de chair qu'elle est s'agite chaque fois qu'un de ses pieds se pose sur la chaussée. Du coin de l'œil, elle peut maintenant voir le visage familier posté à la fenêtre du troisième, dans l'immeuble en face. Mais cela ne la dérange pas du tout.

Dolorès, elle, est fascinée par la clocharde. Dégoûtée bien sûr, mais en même temps fascinée. Cela fait neuf mois qu'elle l'observe. À la fin de chaque après-midi, la clocharde revient à l'entrée de ce théâtre abandonné et placardé, un peu plus bas de l'autre côté de la rue, près de la boutique du barbier. C'est son logis.

Il y en a beaucoup comme elle dans les rues de New York. Des centaines et des centaines de ces femmes sans foyer, un peu folles sans doute, errent à travers la ville. L'été, elles trouvent refuge dans les entrées abandonnées, dans les parcs, dans les tunnels du métro. L'hiver, quelques-unes d'entre elles se couvrent de plusieurs épaisseurs de vêtements dépareillés et vivent, si on peut dire, à ciel ouvert.

Et des sacs. Toujours des sacs. Bourrés de quoi, Dolorès n'arrive pas à l'imaginer. Ces sacs, les clochardes les surveillent jalousement. Elles ne se déplacent jamais sans eux.

Dolorès est passée près de l'une d'elles, un jour. La femme était stationnée au pied de l'escalier menant à la ligne de métro Broadway. L'odeur qui se dégageait d'elle avait presque fait vomir Dolorès. Jamais la jeune fille n'a vu ou entendu parler aucune de ces femmes. Peut-être est-ce naturel de ne pas parler quand on est clocharde.

Sa clocharde à elle, celle qui est en train de sortir les sacs de papier et de plastique du panier à emplettes et de les empiler dans un coin de l'entrée en face, intrigue Dolorès.

— J'm'en vais, ma chouette.

— Entendu. Salut, papa.

Dolorès regarde son père. Il s'en va prendre son quart du soir comme portier dans une maison d'appartements de la section *uptown*. Avant de refermer la porte, il s'arrête.

— Assure-toi bien qu'la porte est verrouillée à double tour aussitôt que j'l'aurai fermée.

— Ouais, papa.

Dolorès est seule. Sa mère reviendra à minuit seulement. Ses frères? Qui peut dire à quelle heure ils rentreront à la maison, ceux-là. Souvent, ils oublient même de le faire.

Suivre ses frères à la trace a été toute une école pour Dolorès. Ce qu'elle y a appris lui permet de survivre dans cette jungle qu'est la rue. Grâce à eux, elle s'y sent chez elle. Elle ne se laisse pas intimider par les drogués qui se précipitent chez les *pushers* d'héroïne deux rues plus loin; elle réplique sur le même ton aux jeunes voyous mal engueulés qui hantent les salles de billard; elle est en bons termes avec les jeunes prostituées qui se tiennent à l'angle de la 2e Avenue.

Souvent, lorsqu'elle est seule, Dolorès descend dans la rue. Elle aime particulièrement l'ac-

tivité qui y règne. C'est là qu'elle se dirige maintenant. Du même coup, elle échappera à la
chaleur étouffante de l'appartement.

Après avoir bien verrouillé la porte d'entrée
en métal, elle attache bien solidement ses clés à
l'intérieur de son pantalon avec une épingle de
sûreté. Dehors, l'eau gicle providentiellement
d'une borne-fontaine. Un enfant, qui y joue en se
rafraîchissant, accourt se cacher derrière Dolorès et c'est elle qui reçoit en plein visage la
décharge du pistolet à eau destinée à l'autre. Elle
en rit de bon cœur, mais montre tout de même
son poing au gamin avant de se diriger vers le
dépanneur. Car elle a soudain envie d'un Coke.

C'est à ce moment-là qu'elle aperçoit les
vauriens. L'un d'eux vient de lancer vers la clocharde une bouteille de bière à moitié vide. Dolorès ne les reconnaît pas. Ils ne sont sûrement pas
du quartier.

— Hé, vous deux! crie Dolorès en pointant
du doigt dans leur direction. Vous deux, là-bas,
en habits du dimanche, fichez l'camp! Laissez-la
tranquille.

Ils s'arrêtent. Celui qui a lancé la bouteille
pose les mains sur ses hanches. À Dolorès qui
s'avance vers eux à grands pas mais sans courir,
il lance:

— Jeune et avec un saaaaale caractère.
Exactement comme j'les aime. De quoi tu t'mêles
la p'tite? C'est rien qu'une clocharde.

— De quoi j'me mêle, ça te r'garde pas, l'Don Juan.

Dolorès le fixe droit dans les yeux. Elle ajoute:

— Si j'étais toi, j'prendrais l'bord, et viiite!

— Qui c'est qui va m'forcer? Toi?

— J'm'abaisserais pas à mettre la main sur toi. Tu veux que j'te présente mes frères? C'est des Porto-Ricains et ils ont des couteaux, des couteaux bien aiguisés, dit-elle en bluffant. Même qu'ils sont en train de jouer au billard, là, à côté. Tu veux qu'j'aille les chercher?

Celui qui a parlé jette un coup d'œil vers la salle de billard. Il s'adresse de nouveau à Dolorès:

— Ta grand'gueule va t'causer des ennuis un d'ces jours, la p'tite.

Puis, à son partenaire:

— Allons-nous-en. Éloignons-nous d'ce trou.

— Je r'viendrais pas, si j'étais vous autres, espèces de salauds! lance Dolorès en leur montrant son doigt, celui qui se trouve entre l'index et l'annulaire.

Elle sursaute en entendant la bouteille de bière que la clocharde vient de renvoyer dans la rue, comme s'il s'était agi d'une balle. L'adréna-line n'est pas redescendue et Dolorès est encore sur ses gardes, comme il faut toujours l'être dans son quartier. Elle examine la clocharde assise dans son coin, entourée de ses précieux sacs. Le panier à emplettes, posté entre le trottoir et elle, forme une espèce de barricade et Dolorès n'arrive pas à bien voir son visage.

— C'était tout un show, Dolorès, tout un show!

La voix qui sort du coin ne ressemble pas du tout à celle que Dolorès a imaginée. Bien sûr, elle est rauque, cette voix, mais en même temps elle a quelque chose de velouté. Elle est forte et claire. Dolorès n'est pas tout à fait convaincue que c'est bien la clocharde qui vient de lui parler.

— Viens ici une minute... viens...

Dolorès s'approche jusqu'au panier à emplettes et regarde par-dessus.

— Comment savez-vous mon nom? lui demande-t-elle sur un ton agressif.

À la question de la jeune fille, la clocharde fronce les sourcils et pince les lèvres. Dolorès aperçoit un grain de beauté sur son menton et trois poils gris qui en sortent.

— Comment j'sais ton nom? Laisse-moi t'dire une chose, trésor. Personne connaît cette rue mieux que moi. J'ai des yeux et j'ai des oreilles. Pis j'm'en sers. Comment penses-tu qu'j'arrive à m'débrouiller, hein?

La clocharde déplace un peu sa masse et un des sacs. Du regard, elle indique l'espace qu'elle vient de libérer sur le ciment.

— Viens ici, parle-moi un p'tit brin.

Dolorès ne bouge pas.

— Allez, viens? dit la clocharde qui perd patience. J't'ai vue en train d'me surveiller. Ben, la v'là ta chance. Tu peux vérifier si c'que tu penses est vrai. Mais j'te l'dis tout d'suite, tu t'trompes sur toute la ligne.

Dolorès contourne lentement le panier à emplettes, jetant un coup d'œil vers la rue par-dessus son épaule. Elle ne voudrait pas qu'on la voie en train de parler à une clocharde. Puis, elle se glisse rapidement derrière le panier et s'installe sur le sol, les bras passés autour des genoux.

— Pour commencer, j'suis pas folle, dit la clocharde en faisant des cercles avec l'index autour de son oreille droite. C'est vrai que j'suis allée à l'hôpital psychiatrique une fois. C'est mon mari qui m'avait envoyée là. Mais c'était pas moi qui en avais besoin, c'était lui! ajoute-t-elle en riant.

— Ben, moi j'trouve que ça a l'air pas mal fou, traîner des vieux sacs tout l'temps, répond Dolorès en étirant le cou pour mieux voir ce qu'il y a dans celui qui est le plus proche. Qu'est-ce que vous cachez là-d'dans de toute façon?

— Bonté divine, ça m'prendrait toute la soirée pour te l'dire. Parce que chaque p'tite chose dans ces sacs a une histoire.

La clocharde rit toute seule. Puis elle dit:

— Oh! la! la! j'en ai vécu des pas piquées des vers, dit-elle en hochant la tête. J'suppose qu'on pourrait dire que c'est toute ma vie que j'traîne dans ces sacs-là. Dans chacun, y a des milliers de souvenirs. Des souvenirs, tiens, c'est ça qu'y a dans mes sacs, rien que des souvenirs.

— Mais, pourquoi que vous vivez comme ça, dans'rue? Pourquoi que vous vous trouvez pas un appartement comme tout l'monde?

Dolorès se détend un peu.

— J'suis exactement où j'veux être. J'mourrais dans deux semaines si on m'mettait dans un appartement. Tu sais, j'ai déjà eu une maison. C'est mon mari qui m'l'avait achetée. Treize pièces qu'elle avait. Et une domestique. Bonté divine que j'la haïssais c'te maison-là!

La clocharde se mord la lèvre puis continue de réfléchir tout haut.

— C'est p't'être lui qui avait raison, p't'être ben que j'suis folle. Mais si j'le suis, c'est à cause de lui! Pis de c'te maudite maison! Pis de ses autos! Pis de ses cocktails! Il avait jamais rien d'intelligent à dire. Chaque fois qu'il ouvrait sa sale p'tite bouche, ce qui sortait c'était: argent, argent, argent. Il vivait rien que pour l'argent!

— Ben, d'l'argent, y en faut, dit Dolorès qui rêve souvent qu'elle en a beaucoup. Y a qu'ça qui m'sortira un jour d'ce trou. Si seulement j'pouvais trouver un gars riche!

— Ouais, j'suppose que t'as raison. D'l'argent, ça en prend... à moins qu'tu veuilles finir comme moi. Ça peut t'ouvrir des portes, l'argent, c'est sûr. Mais moi, ça m'intéresse plus. Lui par exemple, mon mari, il vivait rien qu'pour ça. Peut-être que s'il en avait dépensé un peu, ça aurait été différent. Tout ce qu'il voulait c'était en avoir plus, toujours plus. Tu sais que c't'homme-là a jamais pris d'vacances, pas une seule journée, pendant les treize ans qu'j'ai été avec lui.

— Avez-vous divorcé?

— Divorcé? Bonté divine, non! Ça aurait pris ben trop d'temps à mon goût. Non, un jour j'ai r'gardé par la fenêtre pis j'me suis dit: «C'est maint'nant ou jamais. Si tu pars pas tout d'suite, ma fille, tu d'viendras folle pour de bon.» Ça fait qu'j'ai ramassé que'ques affaires. Juste des p'tites choses que j'aimais, qui avaient une valeur sentimentale. J'voulais pas oublier, tu comprends. J'ai gardé des souvenirs de tout c'que j'ai vu, et j'en ai vu, tu peux m'croire. J'ai soixante-deux ans, tu sais. Ha! Ha! Ha!

La vieille femme se met à rire en regardant les sacs empilés derrière elle. Puis elle reprend:

— J'ai même que'que chose pour me rappeler c'te vaurien que j'ai marié.

Dolorès contemple un moment la clocharde. Soixante-deux ans! Vingt ans lui semblent déjà toute une éternité. Comment pourrait-elle imaginer qu'on puisse vivre jusqu'à soixante-deux ans? Elle se lève et, pendant qu'elle parle, elle balaie du revers de la main la poussière qui s'est accrochée à son fond de pantalon.

— Il faut que j'parte. Allez-vous r'venir demain?

— Demain? Qui sait? Qui sait c'qui arrivera demain? Peut-être que j'serai morte. Ou bien toi! dit-elle en haussant les épaules.

— Ben, si vous êtes ici, j'viendrai peut-être vous voir.

Dolorès tourne le dos à la vieille pour s'en aller.

— Juste une minute, dit la clocharde. Pourrais-tu m'rendre un p'tit service? Y a une clinique médicale gratuite *uptown*, dirigée par des âmes charitables. Mon cœur m'joue des drôles de tours de c'temps-ci, surtout depuis qu'la vague de chaleur a commencé.

— Pis après? Qu'est-ce qu'ça a à faire avec moi?

Dolorès est un peu mêlée.

— Rien, j'suppose. Seulement, y a pas de place pour tous mes sacs dans l'panier. J'ai pensé qu'tu pourrais en garder une couple pour moi.

— Qu'est-ce que j'ferais avec? J'peux quand même pas les emporter chez moi...

Dolorès hésite.

— T'es débrouillarde. Tu peux sûrement leur trouver une place.

— Ben, j'sais pas si j'devrais. Si j'accepte, ça s'ra seul'ment pour c'te fois-ci. Vous entendez? J'veux pas être mêlée à ce genre d'affaire tout l'temps.

— Qu'est-ce qui t'fait penser que j'voudrais que tu l'fasses? C'était rien qu'un p'tit service en passant. Oublie ça.

— O.K., O.K.! c'est oui. Qu'est-ce que vous voulez que j'prenne?

— T'es un amour.

La clocharde soupèse ses sacs l'un après l'autre. Dolorès remarque qu'elle a les ongles sales.

— Tiens, prends ces deux-là. C'est les moins pesants.

— Vous êtes mieux d'revenir demain. Sinon, j'vas les brûler, crie Dolorès en traversant la rue.

— C'est ça, brûle-les si j'suis par r'venue.

La clocharde passe une main dans ses cheveux épars et crache un bon coup sur le trottoir.

Dolorès descend l'escalier sombre et pénètre dans la salle de chauffage, au sous-sol de l'édifice où elle habite. D'un petit coup d'épaule, elle ouvre l'interrupteur et la pièce s'éclaire.

Elle lance les vieux sacs tout sales dans un coin et repart vers l'escalier. Tout à coup, elle change d'idée et décide de retourner voir ce qu'ils contiennent.

Du premier sac, Dolorès sort un paquet enveloppé dans du papier journal. Elle en trouve un semblable dans le deuxième sac mais cette fois une note, écrite à la main sur un bout de papier sale, est attachée au paquet.

Elle dit:

Dolorès,

Je reviendrai pas. Tu feras ce que tu voudras avec les sacs. Ils sont à toi. Tu pourras peut-être t'en servir pour garder tes souvenirs, comme je l'ai fait.

La clocharde

— Espèce de vieille folle!

Dolorès fait une boule avec la note et la lance sur le mur.

— Personne a le droit de se servir de moi comme ça. J'm'en fous si elle a soixante-deux ans!

Elle monte les marches deux par deux, s'élance vers la porte de métal et sort dans la rue.

L'entrée jonchée de déchets en face du théâtre est vide: même pas l'ombre d'une clocharde.

De retour au sous-sol, Dolorès ouvre la porte de la vieille fournaise et y lance les vieux paquets. Elle attrape la boîte d'allumettes en bois que le concierge range sur une tablette derrière elle, en allume une et attend que la flamme diminue avant d'avancer le bras dans la fournaise. Quelque chose accroche alors son regard; les paquets se sont ouverts lorsqu'elle les a lancés.

Dolorès sort de la fournaise les vieux journaux déchirés. Puis, à tâtons, elle retrouve les paquets bien tassés qui gisent parmi les cendres de l'hiver passé. Il y en a cinquante, tous semblables, entourés chacun d'une bande élastique.

Avec une curiosité sans cesse grandissante, elle se dépêche de les sortir de là et de les débarrasser des cendres qui les recouvrent. Ensuite, elle les dépose bien en ordre sur les pages fanées du *New York Times* qui les a protégés pendant toutes ces années.

Dolorès s'arrête brusquement. Ébahie, elle vient de reconnaître la jeune femme élégante qui pose sur une photo en page trois du journal. C'est la clocharde! Le grain de beauté qu'elle a sur le menton achève de convaincre Dolorès. À voix haute, elle lit la manchette: «Entreprise en faillite au New Jersey — l'épouse du propriétaire a disparu.»

Chacun des paquets contient cinquante billets de cent dollars. Rien que des billets neufs. Ils ont tous été émis en 1952.

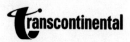

Imprimé au Canada par
Transcontinental Métrolitho